# 史·诗·史

邱新荣 著



黄河出版传媒集团
宁夏人民出版社

图书在版编目(CIP)数据

史·诗·史 / 邱新荣著. — 银川：宁夏人民出版社，2014.12
ISBN 978-7-227-05953-0

Ⅰ.①史… Ⅱ.①邱… Ⅲ.①诗集—中国—当代 Ⅳ.①I227

中国版本图书馆 CIP 数据核字(2015)第 009393 号

史·诗·史　　邱新荣　著

责任编辑　吴月霞　周淑芸
封面设计　杨心刚
责任印制　肖　艳

黄河出版传媒集团
宁夏人民出版社　出版发行

地　　址　银川市北京东路 139 号出版大厦(750001)
网　　址　http://www.yrpubm.com
网上书店　http://www.hh-book.com
电子信箱　renminshe@yrpubm.com
邮购电话　0951-5052104
经　　销　全国新华书店
印刷装订　宁夏精捷彩色印务有限公司
印刷委托书号　(宁)0017209

开　　本　787mm×1092mm　1/16
印　　张　30
字　　数　150 千字
印　　数　1200 册
版　　次　2015 年 2 月第 1 版
印　　次　2015 年 2 月第 1 次印刷
书　　号　ISBN 978-7-227-05953-0/I·1475

定　　价　56.00 元

# 千年尽在一咏

王志厚

邱新荣的又一部诗集就要出版了，我为之兴奋不已，我很喜欢新荣的诗。读新荣的诗有一种享受，跟着诗人笔尖的跳动，我时而拍案，时而暗叹，我的心和着诗人的脉搏一起跳动。

新荣诗的思想内容博大，有豪气；弘扬传统，传递善与美，贬斥假恶丑；特色突出，个性鲜明。鹤翔九天，浪漫飘逸；鹏举万里，浩荡潇洒；又像长江黄河，奔腾汹涌；更如清泉溪流，逶迤绵延。

新荣对我很敬重，不只因为我们是师生，重要的是新荣恪守着尊师重道的传统。我们之间结下了超越师生之情的更深沉的情结，话能说到一起，心也是相通的。当年因为工作的需要新荣被我从一所农村学校调入城市学校，对我来说只是一次正常的工作行为，新荣却总是难忘此情，感恩报答，从无情衰。

书是新荣生命的重要组成部分，爱书、买书、读书、教书、写书、出书是新荣生命中的所爱所求。读书是基础和基本功。用手不释卷、读书成癖来形容新荣的苦读精神毫不为过。新荣曾是我的部下，我几乎没见过他手中不拿书的时候，稍有间隙，就会埋头默读。《资治通鉴》《二十五史》几乎都已读完，历代笔记读了上百种，《苏东坡传》《梵高传》读了有十遍之多；古代大家屈原、李白、杜甫、王维、孟浩然、杜牧、白居易、苏东坡、辛弃疾的作品均广泛涉猎，外国小说、诗歌、散文、戏剧，特别是人物传记以及台湾诗歌他读得更多。长期阅读为以后的工作和写作打下了坚实的知识基础。他是从农村走出来的，他亲眼看到不少的农民兄弟由于缺少知识而处于困境，从而激发了他发愤读书的激情。著名文学评论家、中国社科院文学研究所研究员李建军先生称新荣的创作为“化千卷书为一行诗”，这确是最准确的评点。

从《大风歌》到《史·诗·史》，新荣整整写出了十七部诗集，1000多首诗，千年历史，尽在一咏。从2009年到2014年，短短五年时间，如此丰厚的收获，着实让我吃惊。新荣建构塑造出一个宏伟的诗歌天地，建起了自己的诗歌宝塔，他的创作动力来自何方呢？

我赞同苏桥先生的两句话“邱新荣的诗歌，与他生存的脚下土地一起春夏秋冬着，也与遥远的历史天空一起日夜晨昏着”。新荣是从石嘴山走出来的诗人，农民的勤劳艰辛、疾苦病痛他耳濡目染，农民不屈不挠、顽强生存的精神让他胸襟激荡；农村的碧水蓝天、屋舍田园、稻麦庄稼、乡音乡情他感念终生。家乡壮丽的风情撞击着他的心灵,对中国历史深沉的感悟,对传统文化执着的痴迷,我想这就是新荣取之不尽用之不竭的原动力。

新荣由教育而文化而新闻，进进出出好几个单位,前前后后干了好几种工作,干一行爱一行,爱一行干好了一行。新荣的工作,他个人以前很少和我谈起过,只是他离开石嘴山后,我从与他工作的同事口中了解到了一些。在石嘴山广播电视局担任副局长兼广播电视台副台长,他鼎力襄助一把手,克服困难,创新工作,带领员工创办了石嘴山广播电台交通音乐台，亲历亲为亲自撰稿，和所分管的电视节目中心的工作人员一起认真工作,拍摄了一批优秀的电视节目。其中他亲自撰稿的电视片有几部在中央电视台播出,并多次获自治区好新闻一等奖、二等奖,获得过自治区诗赛一等奖。新荣勇于任事,按照石嘴山市委、政府的意图,聚拢石嘴山的文化人才编撰《石嘴山丛书》,为石嘴山文化的打造整理付出了自己艰辛的努力。新荣担任石嘴山日报社总编兼市委宣传部副部长到2008年11月调离,53个月时间,他每天早晨八点上班，晚上两三点钟报纸截稿交付印后才回家,这已是员工们熟知的事了。他知难而进,大刀阔斧地整顿改革，创造了石嘴山报社历史上最耀眼的辉煌期,也攀上了自己人生的第一座高峰。《石嘴山日报》跃居自治区一类报纸。同时他以报业为主、多业并举,增扩《石嘴山日报》版面,创办《星海湖》杂志,在石嘴山市的两个城市区树立起两个全彩大屏幕,开办石嘴山奇石网和石嘴山日报电子版，成功承办了“中国地市报好新闻第二十届定评会”，这是迄今为止宁夏地市报行业唯一一次举办“全国地市报好新闻”评选活动。几年工作下来，石嘴山日报社经济总量翻了近三番，固定资产增长了近两番。据我所知，新荣也是带领石嘴山日报社，在全区地市报行业第一个真正实现了正式职工与招聘职工同工同酬的。国内出版界权威刊物《中国报业》曾把石嘴山日报社的发展方向列为案例进行研究；中国地市报研究会把石嘴山日报社的发展方向作为案例向全国新闻界推广；《中国新闻出版报》刊登文章指出：石嘴山日报社的发展方向为西部欠发达地区地市报业的发展提供了可资借鉴的经验。

2008年11月，新荣调入宁夏回族自治区地方志办公室担任主任，他克服经费不足的困难，着力推动全区地方志工作，建立市县志办月考核、年评比活动，对全区年鉴统一定评，调动基层积极性，为宁夏地方志工作做出了自己的努力，成效显著，成果可圈可点。全区年鉴编撰由原来的几部增长到现在的近30部，市县年鉴覆盖率达到了70%多。新荣担任执行副总主编兼编辑部主任，具体组织修撰了自治区重大文化工程《宁夏地方史话丛书》；担任副主编兼编辑部主任，具体组织实施编修完成了自治区另一重大文化工程《宁夏通志》。宁夏回族自治区地方志办公室获得了2010年全国地方志先进集体称号。

简单地了解新荣的做事与做人，再来品读他的诗，才能有更深层次、更立体的感受和把握。

新荣的历史抒情诗是一个庞大的体系，诗歌思想内容博大、丰富多彩，深刻而多层面地表达着对民族、对祖国、对人民、对优秀传统文化的热爱。他用娴熟的艺术手法把中国历史融进诗歌，他用诗歌的音槌敲响中国历史的博大琴弦。新荣的诗歌体系就像是一幕浩大的历史长剧，把历史人物一个团队一个团队地推向前台，开天辟地的盘古、沐浴汤谷的羲和、弯弓射日的后羿、怒撞不周山的共工、挥舞干戚的刑天、移山造路的愚公，一个个中华始祖和先民开天辟地、造福人类的伟大创举构成了轰轰烈烈的历史画卷，人物鲜活，个性突出，他们的形象站立在我们面前，高大伟岸，顶天立地。

诗人以敬宗爱祖的强烈感情讴歌盘古经天纬地的丰功伟业：

他的汗水啊/他的汗水冲天而起/成甘露/成细雨/悠悠万代/滋润着人类全部的历史

诗人大声呼喊着创造我们民族的母亲羲和，表达着对我中华民族最真挚的深情：

怀念那个叫羲和的女子怀念我们的母亲啊……我们是太阳/是那种亮晶晶的原始/我们行走在天上后光芒万丈

诗人对移山的英雄愚公更是不惜笔墨地在褒贬对比中凸显他的高功大德："坚强的信念""对坦途的心

愿”“脚踏实地的苦干”“无穷尽地挖山”“不可阻拦地坚守”和“汗水的呼喊”,感动了上天“移开了两座障目的大山”。有什么比这样的歌颂更强烈、更感人的呢?

诗人不以成败论英雄,对远古英雄无限敬佩给予高声歌颂。他诗意表现后羿。后羿为民除害失去了“心爱的嫦娥”,毫不悔恨,因为“男子汉/赢得起/也输得起”;他为怒撞不周山的大英雄共工大鸣不平:“局外者/有谁真正理解英雄本人的那股英雄之气”,共工“向着不周山撞过去”,“用生命/兴修了一项最大的水利”;他为刑天叫屈、赞叹,刑天的被刑“是颈项对刀头的藐视/是心灵对压迫的傲慢/是生命对强权的撞击”。

新荣的诗对先民的智慧和推进人类文明进步做出的不可磨灭的贡献做出了赞叹。先民用自己的勤劳勇敢把野生的飞禽走兽、奇花异草,驯养培育成为人们的朋友和食粮。“驯养使人类的欲望插上了五彩的翅膀”(《驯养——一个童话的翅膀》);油菜、葫芦、甜瓜都培育成了“载不动/太多的蜜”的人类的美味食粮(《油菜、葫芦、甜瓜》)。半坡遗址、河姆渡、良渚文化等遗址都是古人类创造的奇迹,诗人给予了高度关注和热烈歌颂。长诗《为百家争鸣而吟》颂扬“孔子是一座山峰”,“用自己的心给自己讲一卷伟大的易经”;褒奖孟子“是一篇不容辩驳的文章”,“他顽强地说着/不管人们愿不愿意听”;让“老子简单地凝重成一篇美文”, 出了函谷关,“走进了中国人心”;说“庄子逍遥地像一场梦”;论荀子劝学“从古代的黄昏劝我们到今天的黎明”；讲韩非子“不管是祖国敌国/还是顺境逆境/他只不过是换个环境写自己的政论”，“死在嫉妒中/却活在自己的文章中”；说“管子抢先一步走进春秋里”，“让思想直接成为强大的基石”；对墨子更为敬重，用“芒鞋布衣的平民路/走出了山野草泽间的豪气”予以肯定。哲人先贤们在诗人的笔下得到了更加诗意的永生！

诗人用丽句诗情“包装”文学巨匠、书画大师、百业泰斗、行业领军人物，让他们一个又一个在读者面前光彩亮相。屈原、司马迁、曹植、竹林七贤、陶渊明、谢灵运、王昌龄、韩愈、李白、杜甫、白居易等，这些文学巨匠们都是中国文坛上的一座座高峰，诗人咏唱他们人格的伟大，咏唱他们诗作的精深。我就选取两段做一品味。诗人咏屈原陨落汨罗江说：“所以/你的跳河/和你恣肆天地的古诗一样/同为万古一绝”。我读到这里情不自禁地点评曰：吟诵得太壮美了，连纵身一跳都成为千古绝唱，不是悲鸣而是壮歌。诗人评说诗圣杜甫：“诗圣的每一个字中/都有着关注苍生的眼神/诗圣在漫长的一生中/用诗/承载苦难/代表民间卑微的角落和底层。”我点评说：诗圣的伟大在于一生关注苍生和底层，诗人的见解明白又真情。

诗人对中华脊梁、民族精英，予以讴歌。让“一篇《兰亭序》空前绝后地走到我们面前”的王羲之、“只有风骨凌然/堂堂的身正笔正”的柳公权、“理得清纷杂的民政/

也摸得清脉络的动静”的张仲景、“最伟大的救死扶伤/最平实的人性芬芳”的华佗。草根中也藏龙卧虎,“一拱石桥飞架/走不尽的时间/也走天下永远走不完的过客和他们的无眠”的李春、“不跪权贵”的赵壹、“看看庄稼旁边平安的人/喝一壶春茶喝出生活的底蕴”的田舍翁多是草根平民中的典型。

对参与了中华辉煌文明创造的佛家高僧大德们,诗人一样倾注了自己的满腔热情。诗人把这些高僧大德们请进自己的诗章,就像寺庙中的十八罗汉,一字排开,别开“僧”面地展示着他们的伟大业绩。白马驮经的印度高僧、鸠摩罗什、道安与惠远、达摩、玄奘、慧能、布袋和尚都在诗人的笔尖下活灵活现地传播着佛教文化,普度着众生,丰富着中华文明。诗人赞扬印度高僧达摩不远万里来中华大地传播佛教,为中外文化的交融做出了重要贡献。你看他战胜千难万险的勇气和能力能不动人心魄吗?《达摩一苇渡江》:

一苇渡江/长江掀起了驯服的浪/苇的世界广阔宽广/祖师的脚/象征性地踏在一片苇叶上。

诗人对玄奘百折不挠、万难不屈、奔波万里取经印度的伟大精神敬仰不已。《玄奘取经》曰:

玄奘取经/一双草鞋的路走出了崇高和坚贞/脚踏实地的走动/走出了惊天动地的传闻……

取经/在喜马拉雅山的那边/在佛祖留下脚印的土地中/取回伟大的真理之光/取回那些慈悲的眼神。

对布袋和尚，作者这样吟诵：

只有囊空/只有空空如也却毫不羞涩的富裕……

一袋能装/却从不做贪婪的通吃/一袋倾出/亦不要那感恩的赞誉。

贤相良将也是诗人笔下吟诵的对象。幽默、轻松、淡定、从容的晏子给我们留下了难忘的印象："晏子出使/用幽默和轻松/击退了楚人设置的狗门"，"晏子打仗/只用扇底那缕淡定的风"，"晏子出使/用比喻和笑容/面对恶意的挑衅"，"晏子出使/用忧患的眼神/杀掉骄逸误国的强横"。

对魏征的赞颂也让人不由得心动，"一次次触摸暴躁的龙鳞"，"是把生命悬挂在刀锋上的贤臣"。对黄忠，诗人写道："一抹白发飘过/惊羡了群山中刚生成的黎明"，"不把老的文章做足/老黄忠便不是老英雄"。赞美之词发自肺腑，敬仰之情油然而生。

诗人把更多的宽容、同情、理解、叹息、惋惜都赠给了那些悲剧人物。诗人的笔尖饱蘸着热泪为那些末路英雄吟诵、悲鸣。听听他对吴起的悲悯中说给我们的历史原因："那力在历史中/多次出手一击/置改革家于死地"，"吴起死了/死在自己的才华里/他总算给才华寻找着一片天地"。他为唐代义士段太尉呐喊"虽然后来是他的血/是击伤叛将后他的死亡/但他曾站起来过/为百姓短暂地树起了一道墙"。他替窦建德立传："他倒下去的时候/历史中又倒下一个官逼民反民不得不反的中国农民"。

诗人把一个个狐假虎威、道貌岸然的“皇帝”从神坛上拉了下来，还了他们的真面目。第一个皇帝“是一切灾难的总和和总和了的灾难”，是“刀剑”“阴险”“时间中残忍的碎片”；“坐在羊车上的晋武帝……他觉得自己就是一只/不受制约六神无主/充满绝望感的生殖器”；“一个白痴/穿上龙袍后/就是皇帝”；“刘聪这样的人渣/戴着帝王的面具/却是实质性的流氓”；“儿皇帝石敬瑭/背叛父亲的血液母亲的胎盘/甚至连自己也一同背叛/做别人的儿子”。还有酒鬼皇帝，喜欢酷刑的皇帝……文臣武将中更不乏丑类，诗人也一个一个地抓出来示众。吕布就是一个“三姓小儿后/随即会寻找到第四个父亲”的小人；都督张方是“杀人杂牛马肉同食/使我们的历史羞愧难忍”的魔鬼；李林甫是“满口流蜜/甚至让人感受到全部的春天/而幽暗的腹中却突然飞出一把把毒剑”的两面人；安禄山“伪装的憨厚和愚痴/让人想到一堆肉滚动在皇宫里”。

诗人站在中国历史的纵坐标和横坐标的交叉点上，纵横交错地全面描绘出了一个完整的、色彩斑斓的中国，讴歌着一个坚韧昂扬、光芒四射的民族。诗人强烈的爱国主义情怀和深厚的民族感情几乎渗透在他的每一首诗歌中。一个爱国者首先就是一个热爱家乡的人。诗人在《读〈回乡偶书〉》中饱含着深情和热烈描绘着贺知章，不，是诗人自己对可爱家乡和家乡小伙伴们的美好回忆。你听那柳笛、小调、灿烂的笑、乡音和知了，哪种声音不美妙；你看那野草、炊烟、红叶、溪水和小道，哪个景色不妖娆；那卧牛伙伴、邻家姐妹哪位不是亲亲发小。这就是诗人的乡情，爱乡之情溢于言表。

对祖国大好河山的歌颂是诗人诗歌永远的主题。不管风云怎样变幻、社会如何变迁，诗人眼里的祖国永远是春天。《精致的长江》是诗人用他的诗词长调赋出的万里长江图，给长江穿上的一件精彩的织锦长袍。我们欣赏一下这首诗的第一段吧：

这是一条温暖的江/宽厚而仁慈/他在所有的水域/收集太阳　月亮　星光/然后分娩出河两岸/数不清的渔歌荷花香/许多的稻花依着它/静静地梳妆。

南国的大江让诗人凝目回望，北疆的大漠山川诗人也梦绕魂牵。《啊，魂牵梦绕的敕勒川》的呼唤，真让人难抑心潮："白云的草帽野花戴在头上/阴山的美/美在无羁的流淌"，"雪白的毡包是雪莲花/在岁月中皎洁地开放"，"肥壮的牛羊嗅出了油绿的草香"。写农村他用《寒食清明节》吟唱："春天的草其实很幼稚/疏疏地蠕动在小路边"，"夏天的蛐蛐不在笼中/而在流水中央"，"秋天的果实挂在去年的树上"，"深深的冬天太漫长/所有的红泥小火炉/都无法构成更加诗意的太阳"。农村美景如诗如画。城市依旧诗意蓬勃，苏州"醒来/在古代的清晨/她的鱼香从河边上飘来/飘来一河又一河的雾/飘来一船又一船丝竹之音"，"苏州是烟雨小巷中写意的山水画/苏州是在吴越女的清音中/一双美丽的眼睛诱惑了无数双更美丽的眼睛”。长江、大漠、农村、城市都闪耀着灵魂之光,都生机勃勃,这就是诗人心中的中国。

诗人热血沸腾般地颂扬着我们伟大的民族、民族团结和民族大义。《七擒孟获》“是让少数民族的血融进大汉民族的脉搏”,“是从一开始就伸出智慧的手/对一大片土地的抚摸”。《迁都洛阳》是一篇民族融合的大合唱:“走到一起是民族的愿望/任何的个人野心与分裂都是徒劳/是可怜的痴心妄想”。《文成公主走向西藏》“盼民族的和谐/盼和平带来美丽的金光”,“博大温柔的爱/感动了许多冲动的刀枪”。借《唐蕃会盟碑拓片》大发民族大团结之感慨,民族大团结写得那么让人心甜:“一个血缘,同声呼唤,兄弟的一半,同一片蓝天,放下刀剑享受和平的温暖”,写得多么好啊,真情四溅!《波斯胡》从外族的眼光感同身受中华民族的博大宽容温馨:“有雨的日子/波斯胡最惬意”“吟起唐诗波斯胡喝了一碗酒/酒醉的波斯胡说自己/本来就出生在中原大地”。诗人满含热泪抒写《苏武牧羊》牧出的爱国主义、民族大义的华章,“啊/苏武牧羊/单调而苦难的日子里/矗立着出使的旄杖”,“坚贞的信念在牧羊/对一种目的的自信在牧羊”。

历史的经验反复证明改革开放是强国之路,诗人用自己的诗歌论证着这一普通而普遍的道理。《天下的大唐》“是放纵大漠上的路和海上的路伸向四面八方”;“天下大唐把自己展示给天下时/谏臣们正和皇帝争论得满面红光”;《二王八司马》是对改革和改革家们的高度赞扬，只要能得到民心抚慰，“他们是以失败体现了胜利的真正赢家”。

人民是天，把人民摆在心中的最高位置，这是新荣诗歌体系的突出特点。农民出身的天性、农村生活的体味、农业生产的磨炼让诗人打心眼里就具有热爱农民、怜悯弱小的品性；从孔老夫子的“仁者爱人”的学说到孙中山的民生主义，中国优秀传统观念的熏陶，让诗人热爱人民、同情弱势的思想得到了升华，成为他诗歌体系的重要主题。《醒来吧，骨制的锄头》虽然写的是河姆渡文化时期古人的劳动，可是似乎让读者清楚地看到诗人家乡农民艰辛锄地种田一辈子，直至寿终归土的感人情景：“锄地的日子”，“你弯腰弓背地走过”，“啃哧啃哧地锄地”，“鱼在远处的池塘中听你的力气”，“你该是用劲太猛/泳进了古老的厚土里”。《八千年前，有一把石镰》是诗人对辛勤劳作的农民昂首阔步、勇往直前，春种秋收的喜悦的浪漫的赞叹。

诗人就像熟读诗书一样地熟读过农时季节，在不少的诗歌中用春夏秋冬来转动景象的变换，表达对农民和家乡的怀念。《夏小正　夏小正》以民歌情调、民谣风格咏唱了农时的十二个月，描画农业社会，写真农村生活，歌颂农民辛劳。我们不妨听听诗人咏唱的九月：

夏小正说/九月/大雁终归南飞去/它的翅膀载不动冬天带雪的天气/燕子升上天空做没有告别的消失/各种野兽的地遁/并不影响菊/举行/自己富丽堂皇的婚礼/

(菊花的心是有些着急/因为勤劳的人们/又开始播种逾冬的麦子)。

诗人一面对中国古代农民的悲惨命运表现了极大的同情,一面对制造这种局面的专制、暴力、战争、贪腐深恶痛绝。改朝换代的屠杀,军阀混战的残杀,争权夺利的狂杀,农民战争的胡杀,让百姓尸横遍野、血流成河。请看《想起了那些屠城》:“才知心灵的残暴/比凶器凶狠千万分/无辜的血流在脚下/我们的土地变得更加沉重”,“那是一把剑/砍向父母的脖颈/那是一支矛/刺穿妻儿的心胸/血流三万/飘起三万死魂灵/三万死魂灵的后面/追赶着千家万户的哭声”。请听《银杏喊冤》:“三百天的喊冤任由你”,“冤情与实情自古就决定在专制之口的评判”,“历史的天空下那棵银杏树”,“它从不提供答案”。专制皇权就是冤狱,谁喊也是枉然。许多诗篇集中揭露出百姓痛苦的来源之一在于官府的腐化、官宦的腐朽、社会的腐败:“帝王的特权……可以让鲜血在体外飞溅”,“可以让一棵葱无视田野的存在,可以让一株草践踏无尽的草原”,在皇权和专制眼里“人与人相食那是贫民在吃他们自己的饭”,“灾民暴动那是忘恩负义的造反”(《后宫三万》)。“我的金钱流地/我的美人贱如泥土”,“用裸体的女人搭起人肉宴/香艳和气势同样不输古人”(《斗富　斗富》)。诗人对我们的历史传统中的丑恶表示了极大的愤慨。

中华传统文化是实现中华民族伟大复兴的重要支撑,理直气壮地唱响民族振兴的主旋律,无所畏惧地复兴优秀传统文化。新荣的诗歌体系是高扬优秀民族传统文化的一次尝试，是弘扬新风正气的一股强劲春风，是在现代诗歌广袤的原野上吹响的一曲古典长调和呼麦，优雅绵长，余味无穷。

新荣诗歌体系对中华民族历史上各种思想观念、伦理道德、儒佛典籍、风俗习惯、典章制度、遗址文物、书画音乐、文章诗词都创造性地用诗的形象、诗的语言做出了诗画般的咏叹。诗人把这些中华文化的名片、传统文明结晶纳入自己诗歌的宝囊，推向读者的视野，让读者尽情观赏中华文明的精品，把玩中国古典文化艺术的珍宝。

我粗略统计，在《史·诗》《诗·史》《史·诗·史》三部诗集中，诗人咏唱文物古器的诗歌有120多首、伦理道德的12首、儒佛典籍48首、风俗习惯10首、文学艺术65首、典章制度7首、遗址景观57首、书画艺术50首、百工创造14首。

诗人赋予千年文物古器以灵魂，让它们富有人的性格、人的语言、人的行动，从地下走出来，站立在大地，舞动英姿，展示出俊美，表现着古代劳动人民的智慧和勤劳善良。没有对传统文化的深沉的爱，何来不厌其烦地对这些文物古器如此的钟情抒怀。请看《面对着商代的玉蚕》：

面对着商代的玉蚕/就是面对着玉一样通体透明的/会说温润之语的诗篇……/一只玉蚕/以藐视宏阔的气魄/仰卧于玲珑/仰卧于精致的悠闲。

以“孝”为核心的伦理道德是和睦家庭、和谐社会、和平天下的法宝，是优秀传统文化的精华，诗人予以高度评价。我们感受诗人笔下的亲情、爱情、友情的真挚深沉。亲情的伟大在于“一条母爱的舌头所代表的情/超过任何言语/那种舔犊”，“渗入到心脾”，“不求回报/没有什么所需/只是呵护/呵护一个生命的长大”；真正的爱情是无私的，《奔月的嫦娥》中“怀疑不死药的不怀好意/若后羿所服/那美丽的男性将在自己的面前消失”，“于是你先尝”，“你用一个女性的无私去制造一个结局”；友情的珍贵尽显在《灞桥啊，让我折下一枝柳》：“这里/曾举起过多少告别的手/每只手里/都握着一支柔韧的灞桥的柳/风入诗魂/雨化意境/灞桥啊/千年的嫩柳数得清/谁又能数得清千年的依恋中/那些伤神的手”。我诵读至此情不自禁地评注曰：感情之真，让人泪流；感情之深，让人心愁；感情之著，让人怀忧；感情之激昂，让人肝肠九回。

《孙子兵法》《史记》《诗品》《水经注》《孝经》《金刚经》《妙法莲华经卷》等中华文化宝典，诗人都用诗的眼光关照过它们的精彩；《孔子庙堂碑》《倪宽赞》《五牛图》《江行初雪图》等书画精品和文房四宝都是诗人品评的对象；《春望》《静夜思》《巴山夜雨》《敦煌曲子词》等都是诗人进入古诗人心灵的小径；秦始皇陵、洛阳遗址、统万城、莫高窟等都激发了诗人的思古之幽情。

诗人不仅具有最强烈的浪漫主义精神，而且调动一切浪漫主义创作方法，把内容和形式密切结合，融为一体。

激情是诗歌的生命。诗人以他那炽热的感情和强烈的个性为他的几乎所有诗篇都烙上了独具特色的烙印，让他的诗歌增加了一种气势，充满力度。有许多诗篇让人读来又感到似屈膝谈心、亲切温暖。《天宝二重奏》是诗人多次磨琢出的长诗，用了331行76000多字铺陈咏叹唐明皇、杨贵妃爱情悲剧和奢侈糜烂的宫廷生活，掀开了大唐王朝由盛而衰的一个侧面。这是一部浩浩荡荡的咏叹调，这是一篇充满浪漫色彩的诗篇。这首诗综合运用各种创作方法把人物形象塑造得栩栩如生，把社会氛围渲染得浓厚热烈，给读者以强烈冲击。看唐明皇赐死杨贵妃的这一段：

哭有何用/哀求有何用/在充满诱惑的权力面前/爱情/将贫贱得不值半文/誓言只是在发誓的时候才令人感动/眼泪/也会随时随地充满新的内蕴/眉如春山是何时的事情/腰似杨柳又是哪一年的梦境/而今/需要的是武士的忠诚和刀剑的顺应……

且借艳若桃花/借明目皓齿/借一片香魂/来启动御林军护驾的足印吐诉过衷肠的金口/照样能吐一条绳索/大张旗鼓地勒杀一个无关紧要的哭诉声。

诗人的诗有时又缠缠绵绵，娓娓动听。请听《宋之问〈渡汉江〉诗意》："想起回家的日子啊/泪花总是往上涌/宦游的岁月里/那许多的委屈与愤怒/那情感的隔膜与冰冷/只有回家后/可以说给檐下的燕子听"。

当形容、比喻、象征等方法都不足以表达诗人的思想和澎湃热情的时候，诗人便乘着想象的翅膀把浪漫主义和现实主义结合在一首诗篇里，让诗篇绽放瑰丽的色彩。“千年前的草船借箭/借走了千年后我们声势浩大的惊叹/挂满箭的草船顺流而去/久久地牵动着我们骚动不已的双眼”(《草船借箭》)。“那些雨追着他走/走成了江南轻逸的云/那些草追着他走/走成了绿色的脚印”(《六祖慧能》)。

读新荣的诗会让你强烈地感受到古朴之风扑面而来，又体味出民间歌谣的亲切温馨。诗经、乐府古风的气息，魏晋诗歌的风骨，南北朝民歌的情调，唐诗宋词的韵律，现代诗歌的姿态都被诗人改造移植于自己的诗歌体系，表现出独特的格调和高雅的气质。请读《逍遥津上叹逍遥》：

叹逍遥/想逍遥/先让那些刀枪们腐烂/然后/变成草/无边的春色入目/春花无人杀/一卷史书无人恼/然后/方可谈逍遥。

四段反复吟诵，既有诗经的气息，又有民谣的特色，读来琅琅上口，感觉清新可人。

诗人几乎把《修辞学发凡》中所列的几十种积极修辞手法全部灵活而巧妙地运用于自己的诗歌体系之中。比喻、拟人、对比、夸张、排比、对偶这些常用的修辞格顺手拈来，通感、移就、示现、回文、倒反这些不常用的修辞法也不断地装饰着他的诗歌的面貌，使形更逼真，情更真切。《啊　那幅壁画》把拟人、通感、示现都一股脑儿搬进了“壁画”，让“壁画”鲜活鲜活地跳动在你面前：

那幅壁画很浪漫/它的编绳/柔曼地挥舞着鞭杆/所有的线条都嬉皮笑脸/松松垮垮中/幽默了刚刚解冻的春天/马是一身嫩膘的具体体现墨色奔跑起来后/节奏/被抛出了生动的画面。

“转品”(词性的转换)的运用也让人看到诗人语言的不凡功力。《后宫三万》中的“一切都可以被一个人财产”，动词化了的“财产”把“贪腐”鞭笞得体无完肤。“最潇洒的风流/也不能安闲地诗酒在竹林中”，名为动用的“诗酒”醉死了西晋的风流，写得多么节俭而深层。请读读：“时间/乘坐上了计程器/寻找自己最初的一米/太阳的影子掷向大地/鲜花/用色彩丈量自己/计程器开始计程一段春风到另一段春风的距离”《静立在时间中的计程器》，这一段把拟人、通感等修辞手法综合运用得太精彩了。时间、阳光、鲜花、计程器都人格化了，把一年的时间动画为春风奔跑的距离，太奇思妙想了。

读新荣的诗能感觉到生活气息扑面而来，能领略出社会氛围的烈火浓烟，这很有赖于诗人对语言运用的自如。诗人对诗语的运用用妙笔生花、奇峰突起、惊涛拍岸、轻松活泼、神笔凸显、嬉笑怒骂、谈笑风生、义正词严等形容似不为过。方言土语、村野俚语、口头俗语、网络熟语都被捡来镶嵌在诗中，真有锦上添花、黄金镶玉的美好效果。《扶桑汤谷兮》把我们中华民族写得浪漫心醉：“我们在汤谷沐浴时，扶桑叶儿只把我们当成/光屁股露牛牛的东方赤子”,“屁股”“牛牛”,多亲,多可爱;《千年后听〈隆中对〉》中的“格老子”、《乐不思蜀》中的“龟儿子”都恰如其分地显现出了地方特色;《雪飘在伍子胥的头上》的口头语“蛋”字用得通俗却让人忍俊不禁,而一点也不感到粗俗:“唉/道德如果遇上了无道/道德/又算个蛋”;《十常侍》用“赈灾钱粮的多少/取决于不男不女的哼哼唧唧”,“哼哼唧唧”的俗语把对“十常侍”的憎恶写得淋漓尽致;吴侬软语的“嗲声嗲气”曼妙出江南美眉的惟肖惟妙;一句“瓦罐不离井口破”写出了一生不离战争的关羽终究死于战争的悲哀。

新荣的诗歌是个庞大的体系,我仅仅阅读了其中的《史·诗》《诗·史》和《史·诗·史》三部选集,只是近年来他诗歌创作中的一部分,我所引用的诗句也不是新荣诗集中最好的诗句,只能算是管中窥豹。新荣把他的诗集送给我,说是一个学生给语文老师的作业。我读了,并忍不住写下了上面的文字。或许这些文字有些情绪化的偏爱,但天下的老师,又有几人不偏爱自己走出校门,通过努力获得成功取得成就的好学生呢?仁者乐山、智者乐水,那我就以个人之所见作为送给新荣又一部历史诗出版的一束鲜花吧!

2014年11月20~28日

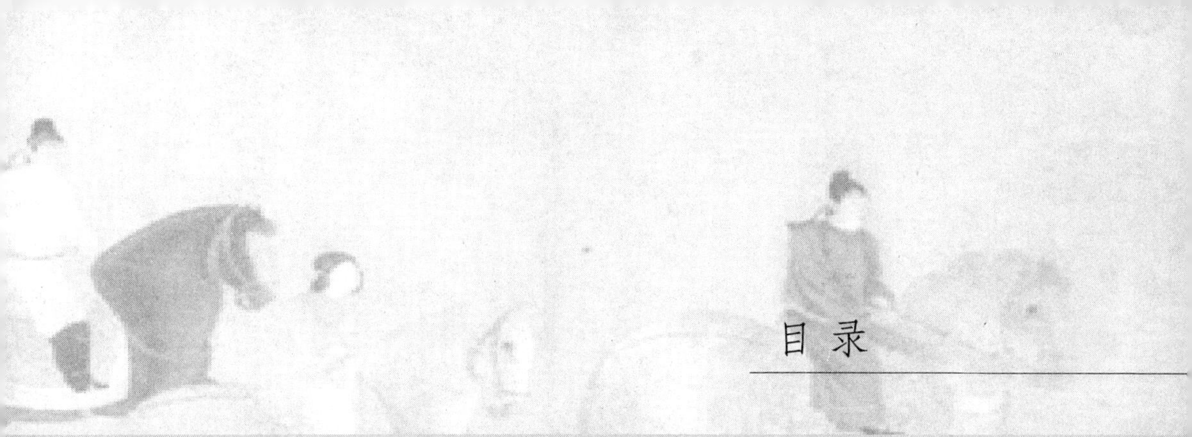

# 目录

# 目录

# 目 录

# 目录

# 鱼龙杂戏

鱼龙杂戏的创立是为了蒙骗昏庸的皇帝
(声色犬马无法博得行尸走肉的欢喜
　人间富贵变成了天天乏味的日子
腐朽的目光
　已不能正常勃起)

不去看也不去想嗜杀咆哮的马蹄
不去顾忌民间最卑微的哭泣
最初的一切就是最精彩的开始
　最初是钟鸣鼎食
　最初是金缕玉衣
　最初是锦帐春风
　最初　就是美女如云或男宠恭敬地侍立

幸得有鱼龙杂戏平地涌起
看荒诞

看离奇
看一片喝彩声带来的刺激
久已僵死的心
　开始病态地惊喜

鱼龙杂戏在布一个局
在目光之外布置篡位的剑戟
在声音的另一边布置致命的甜言蜜语
在最狂欢的时刻准备冷静的心计
在昏庸的狂呼达到极致时
　从屋檐下　抽掉上房的梯子

鱼龙杂戏在舞台上演
舞台也成为了道具
（权力的运营正微笑着
　笑成谦卑的笑容可掬）

鱼龙杂戏赚够成本时
鱼　会回归大海
龙　会在形象中隐匿自己
鱼龙杂戏最终只剩下戏
演戏的是敲锣打鼓的傻子
看戏的　是无所事事的疯子

2014.1.1

## 临阵换将

斯杀正浓时
　在一把刀柄上
　　切换进一杆长枪
擂鼓进发时　把鼓槌换成拴马桩
用彷徨无措　置换旗帜飞扬
用一串匆匆赶来的迷惘脚步
　换掉神闲气定的中军大帐

临阵换将
把射出去的箭换回来
　换成阵前口令的杂乱无章
把冲锋向前的粗犷
　换成操演时的阵势浩荡
把一次胜仗
　换成退避三舍后的精美文章
　　或者是美人帐下犹歌舞的浅酌低唱

把真实的战役换成捷报频传的虚假声腔
把一次无奈
　换成彼此心知肚明的处置得当

临阵换将
　会把散发着泥土味的堑壕
　　换成地图上线条的慌张
把稳操胜券的谋略
　换成纸上谈兵的荒唐
临阵换将换掉旗杆后
　旗帜会委靡
　　会随一阵风飘落到地上

临阵换将是让一把剑做剑鞘的衣裳
　是让士兵反穿在盔甲上
临阵换将是箭射弓
临阵换将　是赌徒的眼睛
　在骰子上六神无主地放光

## 姑息养奸

故意地培养那种草一样的蔓延
让它们感到自己的风景最自由最无遮拦
让它们感受天空是自己的
大地是自己疯长的庭院
所有的空气都是自己的呼吸
花朵是自己妻妾的娇艳
河水的存在是期待
　期待对自己进行浇灌
太阳和月亮是为自己而圆满
群山的耸立是为了给自己遮风避寒

然后　是预谋的剪子轻轻一剪
然后　是血溅大地
　白骨无边
然后　是欲擒故纵地
　郑伯克段于鄢

然后　是文字的精炼故事的浪漫
　是心计和手段的经典

恶意地纵容一种人的成长
让这种人感到自己力能拔山
　是顶梁柱是肝胆是最美的雄性是最嘹亮最正确的呐喊
　　时间都是因为自己而存在
　　　路都期待自己走过后才宽阔平坦
　　　　别人的站立只是一种衬托
　　　　　是为了衬托自己肆无忌惮的脸

然后　是除奸的刀
　有力地一砍
然后　是惊天动地
　是循环往复的宫廷政变
然后　是为民除害的
　义正词严
然后　是一个伟大形象的出现
　是一次太阳般的灿烂

姑息养奸
　是最初的蔓草离刀口太远
（屈尊的删殳无法产生震撼
对萌芽的打击

构不成结局的圆满）
姑息养奸是预谋的刀提前一步
张开了自己的阴险
（一口陷阱在睡足后
对猎物的期待总是那么悠闲）
姑息养奸关键在养
用怂恿用鼓励用语言的甘甜
姑息养奸是要养一个像样的奸
然后　决绝地除奸
除奸　用期待多年的
曾经宽容的刀剑

# 舌头的或贺若弼的故事

其实　舌头或贺若弼都可以生存下去
可以揣摩一种心态
　察言观色地深入到人主的内心里

可以说天空升起在月亮上
绿树生长在鲜花里
或者　把忠诚的头不顾一切地叩下去
　直到　叩出惑人肺腑的血迹
可以把弯下的腰弯得更低
　哪怕弯成匍匐的身姿
可以让武士的嗓音变得比女人更柔媚更微细
　且甜腻得能流出蜜汁

但是　舌头和贺若弼
　都同样不自量力
自恃自己忠心不二

自恃自己的正直
自恃毫无私心
自恃多年的军功和与人主的情谊

于是　舌头放纵了自己
　开始炫耀般地条分缕析
　　开始显摆通晓古今
　　　开始表现为国尽忠肝脑涂地

而贺若弼
　进入了管不住舌头的时期
错误地感受了语言自由的空气
错误地判断了冒死进谏的含义
甚至　错误地理解了主子的笑
(忘记了笑在权势者那里是面具
 是堡垒是暗道机关是利器)
他很清醒地糊涂和很糊涂地清醒
　最终　都变成了一回事
　　变成了让自己目瞪口呆的结局变成了自己无法
　　　说清自己变成了被认为腹腓已久的敌对势力

贺若弼与自己的舌头
　在同一天赴死
为他们送行的是语言

那些语言曾经是纯洁的处子
被野蛮地奸污后
她们妾身未明地说不清自己

## 为韩擒虎的早死而庆幸

在最精彩处　离去
　逃离功成名就后兔死狐悲的结局
一个句号的收尾会比惊叹号更加平实
一次恰到好处的消失是最有效地避免悲剧

八面威风的大将军
　是中军大帐的道具
　　是战场上的特殊存在
　　　是令箭的附庸刀锋上的杀气
战争的终止则是将军的死期
无仗可打的日子是无期的刑期
将军弄花　弄出花朵的满脸滑稽
将军吟诗　诗中难免颓废之意
将军遇有不平事
　一声吼出
　　会有多少新锐侧目而视

将军免不了倚老卖老

将军不忌讳讲过去的故事

将军说起血总是很激动

将军谈一次成功的偷袭总能谈出刺破肌肤的荆棘

将军的大踏步前进

　没有那么多的儒雅和中规中矩

将军已被过多的战争同化

将军喜欢直来直去

将军喜欢刀刀见血

将军不喜欢在战役边缘绕弯子

(将军一不小心便构成自身的威胁

有人　会让将军在历史中

　一次次莫须有地死去)

为韩擒虎的死去而庆幸

韩擒虎死在帝王们没有变脸的日子

(月下被追的韩信死得太晚

历史中平添了许多的唏嘘

平安活过的周勃也免不了屈辱的打击

打击他的　仅是一个小小的狱吏)

韩擒虎的死会让人们猜

是别人让他死

　还是他自己欢天喜地地死

## 帝王图中的杨坚

计谋　磨难
隐忍以及暗算
　是通向帝王图的暗道机关

所有的微笑都在还原
还原后　是刀的狰狞和剑锋的灿烂
　是无法撕扯清的狐疑
　　是惊悚过后的彻夜难眠

算是刚刚退朝吧
退朝后的杨坚走进帝王图中
　长着一切专制君主皆有的脸

目空一切的目光空空荡荡
枯燥的神情被皱纹摧残
（那纹　是六亲不认的蚕）

最初的进发　是获取一个人的平安

平安地读早晨的太阳

平安地被晚霞渲染

平安地获取

并平安地握有自己的宝剑

但现在的归宿处却是一张帝王图的庄严

一副身躯的旁若无人

额头粗暴的傲慢

在死一样的寂静中行走

　走在形体的奢靡和心灵的凶残

　　走在整体形象的无法点评

　　　走在全部质感丧失后的不可一世和呆板

逃不脱的铁律

千篇一律的循环

被怂恿被万岁后

　虚假的神情

　　会在任意一张平庸的脸上泛滥

那么多女人的呻吟在衬映

那么多大臣的奴性做铺垫

一张帝王图不专制不肃杀

　那可真难　难到

超过再打下一次江山

帝王图中的杨坚存在着一张并不真实的脸
帝王图中的真实是气势
是可以慑服所以人都下跪的
那种嚣张气焰

## 猜猜隋朝的《开皇律》

不用读　只去猜
用心　去猜《开皇律》
感受千年前严谨而僵硬的气息
猜皇帝的脸和性情都不受制约地一样固执
猜专制的刀　时刻
　都伸向民间的每一个日子
猜律令的后面是灵活的变通
(变通成阴谋的真实)
严厉的条款被稀释后
　会是下级官吏的牢骚
　　和阳奉阴违的举止

《开皇律》中
没有底层人说话的空间和空气
只有一一对应的刑具随时准备阉割人性
　摧残贫民肌体的蛮横无理

《开皇律》依旧是刑不上大夫
《开皇律》烧红了一把烙铁
在民穷而盗贼起时
会在小偷小摸的行为上
留下终生难愈的印迹

《开皇律》的书写一定是工整仔细
它的展开　在岁月中
是有着里程碑般的绚丽
但它所代表的一小群人对多数人残酷的统治
却无情而目的明晰

《开皇律》会讨好人
（讨富贵者的欢喜）
《开皇律》会咬人
会把无辜者的证词咬出欲辩无言的血迹

其实　《开皇律》只是脚本
（只供隋王朝演戏）
牢门的开阖是岁月的流逝
《开皇律》审判自己时
却发现　自己严重失语

## 展子虔游走在《游春图》

那个春天　很美　很美
　美得几乎让黄鹂长成玫瑰
那个春天一切尽皆错位
人　飘在风景中
小溪　把每一块石头都流成了溪水
树的香气飘过来
　把游鱼的眼睛熏醉
鸟从花丛中飞出后
歌声　变成了鸣唱的巧嘴

那个春天　展子虔是色彩是线条
　勾勒和涂抹着一切的春一切的美
他的毛驴被青草吃了
青草　又被吃进了阳光的胃

展子虔游走在《游春图》

他听到春天的声音是蜜蜂的竹笛在吹
春天的婀娜拂过了他
那是晴峦在飞游丝在飞
整个的山水都在叫春
叫出了一张图的骚情和情绪的芳菲

展子虔触摸到自己的情感
那是起舞的雄性蓓蕾
　在桃红杏绿前情不自禁地想入非非

隋朝的一个春天
　画着《游春图》的展子虔已不知自己是谁
他融化在一朵野荆花中
（融化后　展子虔
　是隋朝一枚酣畅淋漓的花蕊）

展子虔游春后　春天
　心旌荡漾并更加妩媚
超现实主义的生殖欲望空前高涨
它想产生一幅画
那画上　蜜蜂追逐着笔锋
松鸡　想嫁给一只古砚春困的瞌睡

## 名医巢元方

是一张迟到的脸庞
　来表达善良的形象
那种形象远离凶残远离战场
那种形象是一抹温暖
　让我们的血液紧紧依偎
　　并且毫无恐惧和惊慌

只有那张脸庞上的目光
　穿透时空　执着而又倔强
　　总想看到我们的脉搏看疾病和创伤

巢元方是一个符号
　是隋朝时的治病良方
他的温寒适度
他的相克与相长
　都代表着药性的高贵

　　代表了大地百草的善良

人体内的腑脏们认识巢元方
安详的胎盘认识巢元方
正在成长的儿童骨骼认识巢元方
(在巢元方认识它们的时候
它们只是我们体内
　模糊的莫可名状)

巢元方在隋朝总结肌肤的柔软度剖析筋脉中的光亮
巢元方用心感受一缕呼吸的层次
巢元方在寻找疾病源头时
　看到了生命元素的酝酿

巢元方伸出的手在我们的筋脉中
　抚摸到了宇宙神奇的能量
巢元方在隋朝的平台上看人间的病
　开出永不过时的济世良方

## 出奇制胜

在所有的想象之外打开一扇门
那扇门的面具熟悉而又陌生
它的奇特在于我们从未见过
　却似曾相逢

在沙盘和地图之外
　去进行有高度的战争
穿过无水的沙漠和干燥的风
穿过密不透风的古森林
甚至从河流的底部穿过
　长久地埋伏在鱼的眼睛

不在传统中因循
也不在套路中折腾
出奇制胜贵在胆识
走出不温不火

走出慢慢吞吞

走出装模作样

走出貌似认真

出奇制胜的奇是在别人不理解处展露从容与淡定

出奇制胜的奇是在所有人脑子活泛的时候

　坚持那得不到喝彩的一根犟筋

出奇制胜会在半夜敞开辕门等待敌军来劫营

出奇制胜是以铁骑三百昼夜兼行直捣敌人中军

出奇制胜是以布衣面目谈笑统兵百万的上将座中

出奇制胜是在一座危城的城楼上从容坐下

　吓退数十万追兵

出奇制胜是在固有的思维中辟出一条小径

　在所有人都目瞪口呆的时候

　　表达出自我的来去从容

出奇制胜不需要赞美声

出奇制胜是孤立的少数在胜利后

　不去费劲地计较嫉妒和议论声

出奇制胜最后的一招是抽身离去

　只留下那场胜利的战争

## 隋初 有一个《颜氏家训》

那已经是一个老人
雪白的头发遮盖了苍茫的眼神
他的拐杖长成了池塘边的树
  绿树成荫

这个变成一本书的老人
  依然在用隋唐的口音
    向后来的人说自己的家训

动乱的岁月中
家庭的安全与繁荣皆赖于安分守己
  靠的是诗书传承
语言的分寸来自于义理分明
每天的早起 是为了培养勤劳的精神
不过多的参与
不涉入世事纷纭

聚拢目光于经论
在圣贤的庇荫下求得家庭的福祉
　和子孙血脉的延伸

一个白发老人　在隋初
　坚定地约束自己的子孙
要求他们不放逸不损耗精神
激励他们在做任何一件事的时候都要从始而终
他道德的篱笆栽满房前屋后
　防淫逸防昏沉
　　也提防吟吟而笑的浪漫的女人

老人　总在用个人意志谦卑地训导着自己的后人
他希望他们温饱免于饿死于刀兵
他希望他们幸福
　每个人　有一个炕头很热的家庭
他希望他们无灾无难
顺利时　官可做到公卿

这个老人　很善良
　却有着乡巴佬的野心
他想让自己的血脉流成宽博的河
他愿意看到天下遍满颜氏的人
他喜欢耕读后的颜家村落炊烟袅袅

他得意于站立在朝堂的后人
　进谏得当　举止恰如其分

这个老人的眼睛昏花了
他惊奇地发现　后人
　被他训诫出了一种
　　不该出现的谨慎

## 赵绰喝热汤

哪怕是喝下一个比喻
　也需人格和胆量
威权之下
法律　无非是一个招人耳目的酒幌
一道圣旨可以颠覆一切
包括确凿地狰狞在伤口上的刀光
帝王的眼色是天下的风向
竞奔的脚
跟风的疯狂
　无非是为了一顶帽子
　　为了获取更多的辉煌

赵绰却是固执的
固执地守卫律令和典章
固执地指出事情本来的模样
固执地把自己的脑袋放在一旁

固执地纠正曲枉

一碗热汤的喝下
许多人　都恐惧那种烫
担忧自身的安危
掂量取舍的分量
在事不关己的退缩后
　保有了更多圆滑的思想

赵绰则是一直站在正直的立场
以语言的机智
以善良的心肠
不分敌我地减少冤狱
不在失意时柔软傲骨的刚强
不在得意时横呈狂妄

赵绰一直在喝热汤
一直在面对并吞咽那种刻骨铭心的烫
广大的官场没有给他更大的官做
小心眼的皇帝
一直　怕面子被他烫光

# 哭　金

不怀疑这种动情
面对金子的哭不是欺骗天下的眼睛
不是作秀
是一种人格的坚挺和独立特行

千里做官原为养家的金银
商旅千里是为了丰厚的利润
将军一战冲锋陷阵
归来后　眼中所看的是封妻荫子　是鼎食钟鸣

而现在　却是一个隋朝刺史的哭泣
把一片真情和诚挚的语言
哭成一颗渴望理解的心

何言已多金
有老母在堂

儿女　岂能少了忠孝恭敬
有妻子在织
　织不尽每一个疲惫的黎明
有幼子嗷嗷
待哺的口从不拒绝人间的香醇
欲望的世间早已不厌其多
而哭金
哭出金子后面的阴影

怕被欺凌而奉金
为躲劫难而献金
逢迎是为了平安地活着
巴结　是为了趋吉避凶

哭金　哭金
哭人性沦陷如此之深
哭权势的结构扑朔难明
哭习惯成自然后谁也无法拒绝的人情
哭所有的恐惧弥漫开后人们灵魂深处的伤痛

面对金子放声大哭吧
金子也会痛哭失声
平安地活着该有多难
衙役的棍棒因金子而分出轻重

衙门里坐着暴虐的虎狼大虫
(不送金子　便送命)

呵　在隋朝
有人哭金

## 青州的安宁

一个酷吏
　和一批满脸凶相的衙役
一条皮鞭
　和夹棍以及牢狱
还有熊熊的火
还有烙焦人体的那种凄厉

青州安定了下来
民众老实得像胆战心惊的鸡
禁口噤声　小心翼翼
恐惧地匍匐在地
铁笼中被囚住的目光已经垂死
挂上城门示众的脑袋还滴着无辜的血滴

青州安宁了下来
高粱安静地长在高粱地

河边吃草的驴马不敢再任意地打一声响鼻
鸟在天边远远地绕着飞过
鱼从水底游向远方
　远望暴虐的青州刺史

青州全方位地保持沉默
青州不再有生气

青州刺史的美名远播
这里纷争减少
这里强盗消失
这里清静得能听到空气在流动中发出的叹息
这里的人们目光相遇时
　不敢表现出一丝亲密

青州治理得很好
人都变成了工具
工具们劳作在田野中
工具在作坊里打铁
　打另一种工具的狐疑

青州刺史的治理　把笑声
　填回到原始的肚子里
把疾苦　积聚在人们心底

把底层人卑微的幸福感撕碎

击打出了沉默的哭泣

这边　还是青州的安宁

是一个口碑甚好

能干的青州刺史

## 在赵州桥前的还原



让我们自己设身处地地做一次还原
　打破时空打破名相的局限
　　回到赵州桥前

先还原成石头
在巨大的桥梁中听美丽的呢喃听滚过桥面的车轮
　带着商贾的焦灼也带着民歌的悠闲
农夫的脚和仕女的脚同样走过
走过艳阳高照的夏天
也走过霜鸡鸣晨的秋天
所有的日子都平铺直叙地经过
一座石拱桥　因美丽
　而使自己更日常化更平凡

再还原成铁锤
　倾听石头的呐喊

听无名的汗水轰然落地在细微的接缝处展现
人类智慧的庄严
(那把铁锤被一个伟大的石匠紧紧握着
握出了原汁原味的岁月和时间
每日的叮叮当当从火星中迸出
雕琢坚定的石头也雕琢精神的浪漫)

还原成桥边风景的树吧
千年的金风玉露千年的柳荫招展
看人类过桥的那一刻
造桥的英雄悄然离去并且带走了自己忧患的脸
一年一年的日子从桥上流走从水下流着
那造桥的汉子呵却从未沽名钓誉地享受过自己光荣
而伟大的绚烂

最后　就还原成李春还原成一个老石匠汗咸味的平淡
夏夜的天空群星灿烂
一双不眠的眼睛表现了更大的坚韧和目光久远
让石头仅凭石头说话
让顽固不化的河不再进行顽固地阻拦
柴米油盐的生活不是做给谁看
那边的白菜走过来
这边　走过去一篮子芹菜的活泛

赵州桥上不单走赵州人

一拱石桥飞架　走无尽的时间

　也走天下永远走不完的过客和他们的无眠

## 雕版印刷　在那时开始

不是萌芽时期
而是直接地用雕版去印一张纸

墨香飘开来
千年后尚可嗅那芬芳的气息
墨色透亮　雕版开始印制
印刻板的诰令
印缉拿的告示
印一张胖嘟嘟的年画墨色淋漓
印到忘情处
雕版　印一印自己的鼻子

那时候　雕刻的刀锋应该最潇洒最神奇
那时候一纸铺开时空气应该最炫丽
那时候文字美得像大姑娘
一版印出后

应该水灵灵
应该清清丽丽

雕版在隋朝开印　却没有把自己印成一种标志
没有标志自己的起始
没有标志一次震撼的腾起
雕版在刻刀下吱吱作响
雕版很平民化很实际
雕版印出《论语》后知道自己不是四书五经
雕版印一张官府的告示
拒绝自己成为冷漠的话语

雕版在每天开印的时候都很有气势
雕版保持字正腔圆
雕版把握墨色中无有杂质
雕版印一则民间的故事很动情
能印出一波三折
能印出书生与佳人的美丽结局

雕版印得性起时
把自己印成了普通劳动者手中美丽的传奇
雕版印一个仙女下凡寻找长江边的青年男子
下嫁　且过平凡的日子

雕版奉行绝对的单身主义

它知道自己的产出很丰富

它已经领略了很多很多的浪漫故事

其中的一则　叫书中自有颜如玉

# 娥眉　娥眉

只知道她是遭嫉妒的
她的韵致中有一种惊心动魄的美
许多的后宫　因她
而咬牙切齿无法入睡

她却娥眉娥眉地娥眉着
眨巴着两汪明亮的秋水
她不知道自己已是权斗中的政治
每日晨妆的明镜中她描着自己
几乎振翅欲飞

许多女人泼出心中的醋
成了污她的脏水
她的娥眉很迷惑
她不解　美丽的脸被怒火扭曲变丑
那该怪谁

娥眉　娥眉
每天都想在竹林外自由自在地飞
飞进江南的晨雾中听画眉唱自己的贵妃醉看鹧鸪表演
　自己的鹧鸪飞
两条婀娜的小娥动情后
秋水中　会闪电火会流可怜的泪

娥眉被宠怜是在深宫大墙中的那独立的美
娥眉总想飞出去飞过民间的高粱地后再飞进红红的玫瑰
(那玫瑰是她的宫殿兼酒杯)

但娥眉最终被妒嫉所杀
杀在与情色有关的祸国罪

娥眉死后失眠的后宫开始入睡
她们梦见娥眉是一朵花
　升得很纯朴很高贵

娥眉　娥眉
娥眉其实是两条眉毛
(那两条眉毛生动得会飞)
那两条眉毛栖居在美目上
　会引发许多雄性目光的迷醉

## 房山石经

哪里是在一刀一刀地刻呵
这是在一口一口地吐血一次一次地献出那颗慈悲的心

又一个春天来了
房山的绿叶铺排出了一个嫩嫩的春
溪水们再一次向山外流去
又一篇经文在刀锋下展开
坚定的石板们　再一次感受到了使命

从最宏大的愿望开始开始生命的旅程
在空寂的岁月空寂的大山中铺展开佛界的庄严
　和真理的内蕴
不去看山花开了又谢谢了又开
不在乎秋天的山红了又枯枯了又红
只看在一块又一块石头上
　文字表现着魅力无穷

只看一击远钟响起时

　刀下的字迹越益显现空灵

刻经

经的声音在一种高度上从来未停止轰鸣

刻经

浩瀚的经文延伸开去会直达宇宙的核心

刻经刻在石头上

刻经　也是在雕琢自己那颗高贵的心

这是第几个冬天了

房山的雪花再一次飘满天空

不知疲倦的凿子在每一个早晨持续着叮咚

新刻出的文字新鲜而充满神韵

那飞满雪花的头呵

　带着额头上的皱纹

它知道自己会在傍晚死去

他的刻刀已传给了另一双手

那只手上　有着年轻而坚韧不拔的激情

## 哦　借赌行贿



借赌行贿　从一开始
　就是将谜底摊成谜面
掩住的骰子是答案
掀开的骰子　也是答案

对法律的嘲讽呵
公开戏弄清廉
怀揣贪贿的事物
　却在碗子里猛烈地摇动着概念
异议归异议　不怕你说什么
哎呀　我们在玩
我们真的在玩

巧妙地迎送
心知肚明却不需要语言
一口气我输得让你舒舒坦坦

我需要的是打动你心弦你得到的是赢钱
心有灵犀就不说什么
此时　不需要语言真的不需要语言
因为我们在玩
真的　我们一直在玩

借赌行贿历史渊源
一件稀世珍宝输掉是为了一条计谋的实现
富可敌国的家业输给你是为了借你的手获得江山
(千里做官为吃穿
谁能拒绝珠宝耀眼和黄金的灿烂)
我从未把金钱送给你啊赢了是你财运横转
谁说这是行贿呀
我们是扔骰子摇碗子地在玩
你没看见我们赌性十足地在玩

借赌行贿
你喜欢的歌姬赢走后就是你帐中的笑脸
借赌行贿
我手气太背输给你万亩良田

借赌行贿　赌后
　一杯清茶前和你闲谈
有一件天大的事情
　需要一个清廉方正的人来办

## 银杏喊冤

那银杏树上的一嗓子天下人都听得见
被密密地织进一张阴谋的网后
　谁还管那根将要被扔掉的线
三百天的喊冤任由你
密匝匝的银杏叶子无动于衷
冤情与实情　自古就决定在专制之口的评判
黑色的夜空没有解释权
被惊飞的鸟没有解释权
正直的太医没有解释权
历史的天空下那颗银杏树一直很模糊
　它从不提供答案.

那是在皇宫
那是面对皇权
忠厚与诚实是最无用的粪便
每一条皱纹都充满心计

每一缕动作都长着心眼
一脸的微笑并不代表微笑的脸
温文尔雅的举止间随时都会奔突出陷阱和凶险
庆功的酒杯瞬间迸涌刀剑
春风和煦的帘幕后
　野心会射出来　射成
　　篡位的箭

为谁喊冤
向谁喊冤
谁说有冤就一定能喊
谁说银杏树就是最佳的制高点
天下大戏的高潮　哪一出
　不是人为地推波助澜
平反的一幕后
　又有多少难解的冤

在隋朝　废太子杨勇曾错误地喊冤
他脚下的银杏树
　曾麻木地震颤

## 薛道衡在隋朝写诗

薛道衡在隋朝写诗
春天刚刚过了七日
握着笔管的手打量窗外
春风　还没有爬上北方
　那些遒劲的树枝

隋朝的权斗在宫中越演越烈
薛道衡无奈地听一些闲言碎语
薛道衡要站队
（他是拿政府的银子养家的内史）

薛道衡察言观色
　看不到政治的内里
他焦灼地计算着春天
想起　离家已有两年的日子
两年中家庭的味道越来越浓

两年的相思漫进了他的诗

薛道衡和权贵交往的诗
　有过多的谄谀之气
薛道衡写春天想家写得最有情意
写归乡的脚步与秋雁　有些缓慢有些迟疑
写相思的心情比春天的花开得还要迅急

薛道衡是在一个春天一边想家一边写诗
想家的心情很浓
想家的诗却很清丽
贴切的韵脚在他身边绕来绕去
他的眼前　是北国还未被春风浸润的枯枝

后来薛道衡因语言而获罪
暴君令他自己去死
那一次　他无法写诗
他不知道
　春天在哪里

## 洛州孙宣瓦当



一个贫民
　被这样留下名字
是因为　他随时
　都会因为一种吹毛求疵而被杀死
(或许　在隋代
　他已被杀死)
一片瓦当是他不曾意料的谱志
他被记录了下来
瓦当是他的面具
瓦当也是他的全部的存在和意义

那片瓦当
　曾以贫贱的身躯承受过大隋宫中的风雨
它身上的文字胆战心惊
　担忧一次关于质量的问责
　　自己会被刀棍齐下地追根问底

这片瓦当并不抒情没有浪漫也没有诗意
它沉默一如古中国的匠人　不敢念出自己的名字
它伟大的技艺成了卑贱的供奉
　成了悬挂在创造者头上
　　随时会夺去生命的巨石

洛州的孙宣
　应该有个家庭
　有一个善良的妻子
　有一盘温暖的炕
　也有一群勉强糊口的儿子
但洛州的孙宣在每一个夜晚降临时
　却不能安心地睡去

洛州的孙宣有一种心病
他担心自己的瓦当会有微裂的痕迹
洛州孙宣把自己的安危系在瓦当上
　度着每天的日子

洛州孙宣很不文物地存在过
他怕黄土高原的山道上
突然走来一群
　气势汹汹的衙役

# 杜审言《和晋陵陆丞早春游望》意境

独有宦游人　偏惊物候新

孤独的人
　游走在官场
有一些话说给谁来听
（那些竞奔的眼睛
　正在寻找着提携的眼神
一切都为了爬上去
　爬到更高的一层）

偏是敏感的心感受了大自然在季节的交替中情绪化地
　搏动
春天的惊喜来自年轻的花丛
夏天的狂野是因为那不羁的风
秋天绿叶变成了红树林
　心儿开始伤感　更加多情

呵　冬天的雪直接下给诗人忧郁的心
（庆幸的是一炉红火
　有一壶恬淡的茶　正在沸腾）

### 云霞出海曙　梅柳渡江春

大海上的云霞是粗犷而湿润的红
一些帆们望而却步
一些鸟儿却飞向了美丽的红霞中
海是夜的摇篮
夜是海岸的足音
一轮太阳喷薄时
读懂万道霞光的是唯美的眼神

那些梅们柳们总想早早地表现自己的腰身
　表现柔嫩的面容
在美丽而温暖的季节里
　她们展示性感而植物的衣裙
　　展示风骚的柔软
　　　展示放荡的嘴唇





### 淑气催黄鸟　晴光转绿蘋

其实　黄鸟是不用催的

她们有着春意融融的眼睛
她们的羽毛就是春天的歌声
春天是她们制造的
造春　她们
　用了些飞翔
　用了些啼鸣
　用了滑过蓝天的模样
　用了徜徉在绿草上的身影

晴暖的阳光是直接转换成绿蘋
让春色渐行渐深
让稚嫩变得更加从容
深深的绿色是夏天的窗门
夏天的绿窗前
　会有绿荫
　　更会有慵懒的绿风

## 忽闻歌古调　归思欲沾巾

古调的歌是故人用纯朴的心唱给朋友听
互相理解的声音从未有距离也不分远近
呵　谁的海内存知己
谁是天涯若比邻

想起回家的日子呵

泪花总是往上涌

宦游的岁月里

许多的委屈与愤怒情感的隔膜与冰冷

　只有回家后

　　可以说给檐下的燕子听

# 宋之问《渡汉江》诗意



岭外音书绝　经冬复历春

音书　已绝了很久很久
听不到乡音
也听不到问讯
只有温暖的太阳
　每天　睁着它金色的眼睛

江南的绿色是一种经久不息的延伸
看不到秋天的金黄却会想起季节的红枫
看不到下雪的北方天空呵也会忆起那些狐狸飞跑的寒冬
夏天的河水里找不到北方大地上膀大腰圆的鱼群
就是那个春吧　南方的春天没有残雪消融
　只有暖暖的春意骚动着思乡的心

## 近乡情更怯　不敢问来人

不敢问每一个擦肩而过的人
不敢问童年的路是否依旧伸进林中
不敢问春天的柳笛能否吹出咄咄的乡音
不敢问白发的老人今存几人
不敢问长大的孩子啊
　记不记得一个早已离家的人

怯怯的情
怯怯的心
　今天说给谁来听
乡情原来不是酒
　是一种奇怪的叩问
问一个归来的人
　是否丢失了那
　　童年时的乳名

# 董美人墓志



死成这样的墓志
美人　足以千万年安息
(这样的柔美这样的纤细
这样温婉淑女的气质)

没有谁愿意听深宫中妒嫉吃醋的故事
没有谁对美丽心计表现更多的兴趣
这是董美人墓志
在这里
一个女人不事张扬的衣裙依旧带着薰衣草的香气
她的笑容内敛而温暖
　让人们想起夏天在无边绿草上慢慢下沉的落日

董美人的脸
　应该融化在早妆的铜镜里
但她的脚步

却在书法中表现了更大的魅力
清丽的笔法是清丽的咳嗽清丽的身姿
婀娜过一天又一天后
那些年轻那些从容
依旧是一个诗书熏染古琴抚摸过的
贵妇人气质

董美人墓志
一定是学着董美人长成自己的样子
每一点都眼波含水
每一撇都纤足细细
每一回眸都给人留下记忆
每一竖都扭动着美人的腰肢

董美人墓志呵
董美人离开人间后不停地冲击着我们审美感的旖旎

## 给一个地方命名叫苏州



用苏州
　给一个地方命名
让她来表达那些美丽的舌头和软侬的口音
让她表示出　这里
　自古就有一种富庶和繁荣
这里的女人嗲开来
　能嗲出满世界的温柔
　　和满山遍野温润的风景

苏州的阊门
　醒来　在古代的清晨
她的鱼香从河面飘来
飘来一河又一河的雾
　飘来一船又一船丝竹之音
苏州的虎丘长出了古塔
水面上　船声与蝉声连绵而鸣

唱出了荷花鲜活的面容
苏州的泉水中有胡琴在唱
唱出最初的评弹雏形
(最初的评弹是一杯茶
是丝绸上迎风漾动的彩裙)

给一个地方命名叫苏州
苏州是浅白的清纯
苏州是烟雨小巷中写意的山水画
苏州是在吴越女的清音中
一双美丽的眼睛诱惑了无数双更美丽的眼睛

苏州不放荡
但绝不提倡刻意的一本正经
苏州很坦率
拒接来自任何方面的假意虚情
苏州是开门见山的
苏州的山中鹧鸪飞起时
三月的花　便会美丽地发情

苏州的名字是自己赢得的
用那些带露的草
用历史中无法抹去的温婉动人

## 金边白玉杯

这金边白玉杯
　留驻在岁月深处
　　要把自己喝给谁

游走于特定的时空之外
脱离与坚持
　原来　不失为一种高贵

没有被埋藏进不可寻觅
　没有那么多的情节和奇诡
没有被一腔怒火和恼羞成怒奋力摔碎
只是金边白玉地留下来
　留下简单而执着的美

最初的出现
　应该有自己许多皎洁的姐妹

有一群交流的目光

有光华的相互依偎

最后的留存是这种独立的不醉

不醉在淫荡的夜晚

不醉在嗜血的昏聩

只感受那一抹夕阳中酿着微笑的玫瑰

感受春风在第一场雨后睡眼惺忪的妩媚

金边白玉杯

从未把自己低贱地端给谁

哪怕是一抹红唇的诱惑

也不曾使自己失去光辉

以纯洁的身躯呵护那一抹金

以金色的池塘

浸润玉石的纯粹

金边白玉杯的留存呵

是按照创造者的心愿顽强地活下来

并向我们传达旧时光中的芳菲

# 石敢当　石敢当

哪怕只是孤零零的一个
就那么立着　面向前方
不对任何的邪魅做半步退让
呵　石敢当　石敢当

黑夜降临了吗
那就让夜睡在自己的披风上
　或者睡在温暖的炕上
星星们怕冷吗
星星可以给自己砌一道宝石墙
(童话的火燃起来后
　暖暖的笑　会放射光芒)

这里　则是无惧无畏的石敢当
不看眼色
不像柔蔓的草会骑墙

石敢当的特质　是敢于站立且敢于担当

权势的车马走过来
这里站着不避的石敢当
金钱的气味飘过来
这里　挺着不媚的石敢当

石敢当的气质是敢作敢为
石敢当用铭文说正义的话
　不惧不傲不羞怯不心慌
　　阻挡邪恶
　　　阻挡非正义的那种力量
石敢当站立在哪家门口
哪家就不担忧有鬼神扰门
　有邪恶扑进梦乡

呵　石敢当　石敢当啊
石敢当敢于担当的时候
人　却柔弱地把许多事寄托在它的石头和铭文上

## 经籍志的标志



经籍志的标志
　是标志着四处漂流的文章有了类别的家
　　有了温暖的户籍
文化的力量被有意识地凝聚
曾经模糊的面容清晰起来
每一个文字都在身边找到了自己的兄弟
（那些兄弟们温文尔雅
　哪怕愤怒了　也不失雍容的华丽）

经文们发现自己占据了经典的位置
许多的目光走过来
　来寻找更加深刻的意义
历史事件　发现
　自己原来并不孤立
串接起来的时候
　是一个白发老人很文言地讲着重大的历史

诸子们有了更多的得意
他们作品的光彩放射开来
　超出了自己的想象力
一种心态　一句话语
　都被放大被考据
　　挖掘出了更加新鲜的道理

文人秀士则是在一个类中
　不愿意脱下沾着酒渍的外衣
美丽的韵脚
意境的无法复制
　都使他们在洋洋得意之外
　　多出了可爱的骄傲情绪

在隋朝　一些心平气和的手在修经籍志
经籍志标志着武夫时代的结束
文化　再一次占领了太平天下的高地
修志的手拘谨而又专心致志
志书的类部中　弥漫着香气

## 瓦岗寨

瓦岗寨的英雄们　在等
　等在还不曾出现的传说和门神
巨大的铁锅中溢出了肉香
他们的嚷嚷　穿越了时空

他们在等
等隋末到来后
乘那场乱　乘民情汹汹
　冲下山去搞一场隋唐演义
　　过一把光彩夺目的草莽英雄的瘾

寨门口的锁
　是后来才锁紧
那时候　一些草挟带春风
　可以踱进瓦岗寨
　　看大碗喝酒的草寇们醉后的情形

那时候秋风可以从瓦岗寨掳走几把野草
　搅起满天的灰尘
瓦岗寨的英雄们不知道打下天下后还能不能任性
不知道可不可以把看上的女人抢来做压寨夫人
瓦岗寨的英雄们说文化是个屁抵不得金抵不得银
瓦岗寨的英雄们承认只有刀枪最最管用
挥刀一抡刀朝下
　对立面消失　日子天天顺心

瓦岗寨的英雄们最怕肚子饿
　怕饿得眼花头晕
进寨子其实就是为了一口饭
　然后是杀富济贫
　　然后是打抱不平

瓦岗寨的英雄们　在等
　等到隋炀帝修完运河后
　　起事　准备杀进京城

## 一抹风景看鉴楼

鉴楼鉴给谁
华丽的风景挡住了谁的眼睛
一抹烟云表现了始终如一的纯真
飞翘的檐头上　飞起了谁那色情的俏纱巾

一座普通的楼
因了那些传说那些巧笑和呻吟那些风流韵事和荒淫
把自己照到水里照成明镜
让后人从中寻找警惕的面容

这是时间的沉吟
是无法阐述的背影
悄然的伫立
忧伤了无数的黄昏
黄昏中　历史再一次以草的形式摇摆在风中
(风中的摇篮呵

其中　可还孕育着新的生命）

鉴楼是孤立的伤感的
　犹如一扇寡妇的家门
鉴楼是凄凉的
远去了一个帝王的车轮滚滚
昔日的繁华是今日的沉默
　是无法激情拥抱的迷蒙

在一个适中的距离
　打量鉴楼和它用油画构成的风景
它少不了新婚别后少妇的风韵
紧锁的眉头中　是一点点隐忍
冷红的秋色里
　难掩并未逝去的青春神韵

鉴楼鉴给谁
谁能使一片风景消失自己的神韵
鉴楼是美丽的
她的脚下有清清流水
天边　有江南丝绸样隐约的彩云

# 大运河是一支抒情曲

## 一

从江南的早晨开始
大运河　开始了自己的抒情
千万家的窗户敞开
千万家江南女子面对运河打开了晨妆的明镜
惺忪的帆悠悠升起
鱼儿们　把桨的声音听成了自己融化在河中的声音
运河是一支抒情曲啊
一唱　能唱出岸边古寺祈祷的钟声
一唱　能唱出野花下江南女儿吴侬软语的清秀面容
一唱　能唱出万山翠绿
一唱　能让太阳婴儿般升起在河面
　鲜活生动　水汽淋淋

## 二

北方的运河口也是一片繁荣

这里　是阳光温暖的黄昏

千万舱谷米漫上码头轰响着自己富足阔大的脚步声

古运河的水　在这里眯起故事的眼睛

它在回忆　回忆运河中的某一盏灯火下一个夜晚的

　甜蜜和神圣

它的衣服留在了苏杭的流程

那里　连时间都是丝绸的

　丝绸的同里

　丝绸的乌镇

　丝绸的紫砂

　丝绸的小村

一切仿佛都从柔软开始又在柔软中温暖了自己

　全部的梦境

一切又都可以是水色的

　水色的扬州小曲

　水色的杨柳暖风

## 三

江南的油菜花香

北方秋风中枫红的草丛

　都不能进行诗意的抹杀

　　不能使我们的幸福感过分徒增
　　　不能使诗意的忘却弥布人心
连运河水的平静也不能过多地宣扬自己的风景呵
古运河边
　曾有多少陆沉的冤魂
　　有多少家庭破碎的哭声
一队画舫迤逦而过
不是天下无事的太平
是奢靡的帝王巡幸
是运河边血肉裸露的拉纤
是一人无节制的纵欲后官吏的趁机勒索
　和权势肆意的播弄
是一个朝代游走在危险的边缘而为自己掘出了
　无法挽救的死亡深坑

四

饱满的帆影　在烟花五月穿越运河的水声
两岸的鸟声与虫鸣相互杂糅互相辉映
　在运河新增添的传说中体现了更多的神韵
所有的动物生机活泼沿运河悠悠而行
所有的植物都蓬勃生长健康从容
运河的颂歌都是自己的喉咙
　唱与不唱都一样充满深情

天空中的运河在运河的怀抱中是桨的故事是一些

　帆篷下推杯换盏的闲吟

运河在风景中不停地制造着风景

风景中　有绿树有细雨迷蒙还有那些娇艳的红头巾

## 五

大运河是一个梦

梦中有着现实的一切具体也有着具体之外理想的缤纷

大运河的连接蓬勃浩大在中国的土地上体现了民众的

　力量和坚韧

大运河不属于帝王不属于无精打采充满阴谋的家庭

大运河的水是不可遏止的生命

大运河的前行是一个民族渴望融汇对接的前行

大运河的每一朵浪花都是伟大的

　伟大于独立的纯净

　伟大于昂扬的滋润

　伟大于推波助澜的一往无前

　伟大于不事张扬的奋不顾身

## 六

江南的太阳　春天

　都从运河启程

夏天时　优美地踱进北方的天空

江南的水色在北方会是粗糙的白布汗衫是字正腔圆的

　京腔京韵

回渡的船驶来后是水滑的貂皮沿运河来到了杭州湾

　来到了美丽的苏州城

沿运河走来的还有文化的笑容啊

　有骑马射箭的故事

　　有辽阔大地上气质的博大恢弘

一条大运河天天都唱着抒情曲

　抒发自己的雾色水汽

　　抒发自己流水荡漾清音袅袅的灵性

## 李渊醉卧晋阳宫

这不是历史
只是一场夜宴和一个醉了的人
晋阳宫被宫门关在里边
晋阳宫外是纷争是一个皇帝将要被砍去的头和占有着各种山头的起义英雄

醉了的李渊旁边醉着一杯酒也漾动着美人的神韵
夜的涌起是秋天将要死去的蝉声
整个的晋阳都绷在了箭上
随时 会射出遍地的反抗声

李渊却醉着
他在等
等整个的晋阳宫醉死后才让自己的剑展露峥嵘

酒的无欺

会把所有的日子醉进一种消沉
会迫使人去接受那种毫无清醒
而酒的冷漠
则是一次次诱骗人性
使英雄在美人怀中绵柔如虫
使智者陷入支离破碎的语境而无法推开自己
那扇理智的门



李渊醉着
他与酒色构成了坚强的同盟
他的醉意掩盖了全部的野心
他的晋阳宫在心中躲藏得更深
闭上眼睛他是一片夜色
他听到了隋王朝彻底崩塌的声音

## 赌江山

目前的情形是
皇帝　拖拽着女人沿运河走向江南
　或进入了另一种没有权威的空间
各路英豪已在自己的山头寨堡中
　公开不尿　摇旗呐喊
连那些飘飞的白云
　也梦想进入隋唐英雄传

江山无主已多日
谁抢着了便是谁说了算

暗夜中　早已有人开始赌江山
把江山收入囊中
把江山放入酒碗
把江山做一个骰子摇来摇去
很把握地　想

摇出自己梦寐以求的红点

百姓们看不见
不知江山是被人赌的
存在于赌者你死我活的双眼
只看见在绿色的田野中
稻麦抽穗又抽出了一年

一群白鹅在池塘中浮荡着乡村的悠闲
一抹远山远远地卧下去
任凭溪水的流淌覆盖了自己的双眼

这里　是一只骰子或筹码疯狂地旋转
这里要用计谋用勇气去赌江山
(江山里有美人还有宫殿
有甘醇的酒和酒宴
有颐使气指的排场
有彻夜灯笼的不眠
有指点江山的诗意动作
也有随心所欲的
如我所愿)

低层的人们看不见
看不见有人在赌江山

江山是很具体的椅子坐上去有傲视天下的威严
江山是个大舞台大场面唱戏能唱出温柔秀丽
　也能唱出丑恶凶险
(江山被赌的时候也在赌人
 它赌一张勇敢理智的脸)

好在　赌江山的人
一直在赌那个万人称赞的
　贞观年间

# 尉迟敬德做了门神



站在一幅年画里
　做捍卫性很强的门神
被神化了后　只剩下面具传闻
　和那望鬼却看不到鬼的眼睛

鬼却能看到一幅画
看到了滑稽的寄托
看到了一张纸的无能

消失了　最初的将军和他的枪魂
那些战役里充满了呐喊声
腾腾烈马四蹄竖起
一幅剪影千古不败
马上　是血肉丰满的尉迟将军
马下　是生动活泼的尉迟将军

将军的屈辱却是来做门神
看不到移动的鬼火
也看不到偷窃的身影
开开合合千家万户门
富人的门　招财进宝也进巧言令色的不干不净
穷人的门　破敝凋败
　挡不住三更天贼一样无忌的寒风

让尉迟敬德做门神
　只是人们好心地借用
借用英雄的传说
借用一种形象的英勇
但借不来的是真正的灵魂
　和灵魂挺立后的高大威猛

尉迟敬德做门神
门口少了一把锁的时候
喜庆的年画　最怕那些
　撕扯偶像的寒风

# 走来了魏征

最是敛眉正色那一谏
一张脸
　保持了高贵和尊荣
贞观之治是胸怀的包容
贞观年间的义士
　是用正谏坚守正义的这个男人

不用笏板遮蔽田野上飞来的蝗虫
不在进谏的语言中曲意地表达龟裂的旱情
千百次的谏言就是为了送上一面真诚的铜镜
看民间看历史看荣辱看吉凶
看自己固执的面容中
　究竟　有多少为百姓的真心
看龙颜震怒后
　有多少不便公开的隐情

每日的进宫
　都丢下了自己清廉的家门
　　以死的勇气去藐视刑场
　　　以正确的泪去抵御专制的刀锋

伟岸的头是叩下去了
　但站起来的却是无私的身影
一次次冲撞
一次次触摸暴躁的龙鳞
连自己摘下的官冕都发出了颤抖声呵
花白的头发绝望地等
　随时等待最后时刻的来临

走来的魏征
　是把生命悬挂在刀锋上的贤臣
他的心是广大的群山和田野以及纯净的天空
他总担忧自己被杀
那时　大唐会少了一双敢说真话的眼睛

# 王世充之死



利口与舌辩都无法改变那种死
那种死　是在开头而不是在结局
结局是情节的倒叙是最初的叙述卖了个关子
告诉你　那些血
　流成了什么样的形式

一盘棋上的棋子
　在溃败的局面中
　　无论多么优秀乃至狡诈
　　　都最终无法拯救自己
(倾斜的天空下
　谁又能托起失落的云朵
　　和纷纷跌落的雨滴)

智谋和强悍的能力
　只是锣鼓的簇拥下

按捺不住激情的游戏

最绝望的哭泣
在民间已长成了兵器
最具有野心的计谋
也在一个个山头上扯起了迎风的旗帜
一枚棋子在棋盘中的突围和竭尽全力
往往会显现出更多的无能为力

所以　就有了王世充之死
有了妖魔化的身世
有了缺点的放大
有了与生俱来的不代表正义
有了一剑毙命时
面具的狰狞丑陋和自己揩抹不掉的恶议

王世充死了
他不知道与自己决战的是那场结局
那场结局的因果关系却是一种顺叙
从最初的劳民伤财说起
从横征暴敛说起
从骄奢淫逸说起
从无视大多数人的利益说起

王世充死了　他不知道
他代表的势力
　早已死得不能再死

## 春光绿草中的隋炀帝墓

是那颗砍下的头颅吗
那头颅　曾摸着自己的脸
　说好头颅　谁来砍

用幽默来幽默幽默
用无奈做无奈的遮掩
一颗人头树叶一样落下
旗帜易主
江山　变成了他人的江山
(画舫巡游的江南河山
哪里　是艳若桃花的美人面)
运河的诗唱从脚下流走
无法维系的国计民生是刀是剑
谁那专制的头颅
　能不被最终开刀问斩

春光　还是江南女子的容颜
但春光不是宫娥嫔妃不是低眉顺眼
春光恣肆地飘自己的裙开花朵的娇艳
春光走过帝王墓的时候
斑鸠在叫　叫一些流水潺潺

绿草　也很春意无边
它们的生命力是那种绝对的强悍
无视魏晋无视秦汉更无视帝王们虚伪的短暂
它们有自己的歌和自己的权限
它们是风景的管制者是清理历史渣滓的无情裁判

只有那座墓　一直使自己极度难堪
被砍下的头颅无法对峙刀剑
被幽默过的笑
　一直找不到一张脸的从前

每一次夜色降临
　都是一座墓的灾难
那时　蛙声把童话唱成一片又一片
运河的星星　再一次落到水面

那时　隋炀帝的墓
　开始历史性的失眠

一条大运河啊

　流淌在民族的长河里边

天天　它都能听到

　民间那些死魂灵的冤喊

# 田野中走来窦建德

是农民的面容
从田野上走来时
　不失直率和红润

他死了
死在锦绣江山之外的另一个时空
爽朗的笑和留在中军大帐中的豪气与真诚
　总会使人们记着并产生几分同情

呵　夕阳落山了
精彩的黄昏留下了回忆以及甜蜜的伤痛
苍茫古老的中国大地
　战火的喧嚣和马蹄的践踏
　　始终摧残着善良的民心
英雄们的成功与失败
　造成了历史叙述的泾渭分明

胜利者是英雄
失败者是枭雄
唯有民众低贱的血流干后
　是尘土是消失之后了无踪影的风

窦建德是有名字的
他曾在威武的帅旗下伫立过横刀立马的身影
他是成功之后的失败者
他倒下去的时候　历史中
　又倒下一个官逼民反民不得不反的
　　中国农民

从田野中走来的窦建德
　死的时候一定会睁着眼睛
他想看满目的庄稼呼啸而至
　把他种在土地中
他想再长出一点点的小风景
哪怕　只长成一茎芹菜
　或者是一棵绿油油的香椿

# 三斧子的程咬金

那是一种形象
很难把他们想象成具体的人
皮肤黝黑
性格鲁莽而率真
关键是 在历史的关头
他们 总会目光明亮地迅速选择
　并跟准一个人

他们是忠臣
他们忠君
他们很少思考血是以怎样的方式流成
他们不太关注死在刀锋下的灵魂有着怎样的表情

他们是执行者的模范
他们是指哪打哪的典型

这里　是程咬金
头三斧的套路依然健全
草莽英雄的汗焦急地呻吟
招招躲过的敌人纷拥接踵
没有准备好的第四斧
　让他空前绝后地头晕

多少年的征战　仅凭三板斧
　就能博得喝彩赢得欢呼声
轰轰烈烈的头三斧被传奇
　传奇成隋唐年间潇洒的风韵
(谁说潇洒风流属于白面书生
谁说指点江山的是羽扇纶巾
武夫的马上野花照样开放
三宫六院属于大武夫
依附的武夫们　哪个
　不是妻妾成群)

凭借着性急的三斧和刻意的勇直率真
程咬金把自己炼成了英雄的程咬金
失招的不太成熟总是在梦中
梦中　他看到一把剑悠悠而至
　把自己逼进束手无措的尴尬中

程咬金愿意睁开眼睛活在现实中
现实中　他的三板斧
　飞来飞去如蝴蝶
　　姿势优美　回报滋润

## 秦琼的魔幻

只知道
　他在隋朝年间很忧伤地卖过马
英雄落魄的情节追逐着他

应该是在一个小客栈里
窗外的风景揉搓着英雄的长发
那里　是人声稠密
那里　是风景如画
那里　有一些池塘唱响了人间的蛙

而他却静默着
（以致　后来他静默成年画）
他的兵器无用武之地
他的囊中被金钱背叛后
　变成了羞涩的傻瓜
秦琼想念自己的马

他知道　英雄
在马上才英武高大
无马的英雄总是有些萎缩
那些杀人的技艺
不会被演义和夸大

只知道
在未来的岁月中
他被很相声地幽默逼迫
与前朝的关公对打
在时间的错位中他无所适从
乱了时空与章法
最终　他还是饿着肚子接受挨骂
他不知道穿越亦是一种生存方法
形象的移植
情节的幻化
一切都可以重新摆布
包括他那很倒霉的卖马

后来　又知道他被卖了
卖他的　是他的马
马向马鞭做过保证
出卖英雄比卖一匹马
更会卖出好价

毕竟市场上的诱惑很大很大
毕竟　英雄的时代已结束
那勒马的笼头　一卖
　就能卖出文物的价值　卖出
　　淘宝人的喧哗

## 玄武门的那一天

那一天　整个玄武门
都淹没在最隐秘的时间
所有的脸
都埋伏在待发的弓弦

那是殊死一搏
是在历史的一个角落中
获取生命的手段

争权夺利的日子
一切　都将要崩断
包括曾经的温情
包括牢不可破的血缘
一方的胜出　等于
另一方的灾难
刀下不留人是最终的结局

你死我活
　是不可选择的唯一答案

曾经用智谋扯旗造反
曾经在战场上舍命奋战
曾经的一切　练就了
　不顾一切的肝胆
血算什么　归齐了
　是所有的血一齐流干
生命又是什么
大不了　也不过是死个遗臭万年
(后人的评价　毕竟离得太远太远
评价　只不过是语言的扯淡)
眼下是一场赌博
赌的是锦绣前程和锦绣江山
赌的是一言九鼎的话语权
赌的是谁败了头被砍下
是谁的剑胜利了　谁便凯歌高旋

玄武门的这一天
其实　是预谋的杀戮
　和无谋的骄横进行的决战
是一场战争从战场上归来
　在和平的天空下

　　制造的另一种惊险

那一天没有历史
那一天没有道德感
那一天是做二者必居其一的选择
那一天　玄武门是真实的考官
　它会把钥匙交给胜利者
　　并且交出自己的忠诚和惊叹

## 房谋杜断谑曲

其实　杜断是房谋
房谋　即是杜断

熟语的打造
　已模糊了岁月中昏花的眼
一枚钱币分开两面说
谋　是臣谋后的进谏
断　则是进谏后的君断

在何时
允许你独断
即便是千里之外的大将军
　亦有请命的书信
　　烟尘滚滚不停往返
专制的时代　纳谏
　是美德　是优美的名片

有好计谋献上来
用与不用效果何如
　最终　是专制的嘴说了算

房谋　是小心翼翼的揣测和判断
杜断　是如履薄冰的推敲和完善
一枚硬币　再一次无法失去两面
一谋一断是一纸奏章
朱批下来的
　是专断

房即不谋
杜即不断
最佳的选择是在谋与断中揣摩一张冷酷的脸
此是房谋
此是杜断

## 长孙无忌真无忌吗

在专制的玫瑰花旁
　浇水　且精心护理
小心别碰了无情的刺
那些刺会是底线
有毒　会将人致死

这是长孙无忌的忌

看着君王的眼色说话
　做补充并提供丰富的依据
　　让浩荡的龙音圆润起来且充满宏伟的底气
切不可放纵自己的话语
哪怕　有半丝不和谐的气息

这是长孙无忌的无忌

要认真处理看似简单的问题
简单的问题不简单
　是因为有过多的猫腻
君王的答案在心里早已准备就绪
不会猜　那是不合时宜
通往权势的路上
　有时　需要用傻子的大脑思考问题
简单地拘泥于正义
　往往会摆不平许多问题

这是长孙无忌的忌

以最忠臣的笑
　来维护家天下的利益
要会使用手段让百姓感恩
　让他们在不知情的状态下去拓边　去送死
要在累累的白骨前
　控制自己温情的泪滴
要在更多的场合中
　合理地使用笑容和面具

长孙无忌　并非无忌

# 格律诗　在悄悄形成

从春天开始　绿草
　就开始有节奏地摆动
摆动它们的　是年轻而顽皮的风
而感受它们的　是水塘宽博敏锐的心胸

夏天的池塘在夜晚表现了更多的轻松
青蛙的声音
蚊子的声音
一切都表现为一种律动
　表现出了节奏的成熟和风韵

这一切　都看进了诗人们
　那些有别于常人的眼睛
他们的目光在夏夜中
　飘忽成了美丽的萤火虫和暗夜中文字最绚烂的吟诵

秋天到了

稻子的香味弥漫在空气中

石板小桥稳健地横亘在流水上

蓝色的天空如约而至送来了它的明净

天空的清纯漾动着

　是诗的本质

　　和不立文字的核心

诗人是坐在冬天的

面对着烹茶的红泥火炉

　感受雪花从天而落后细微的羽毛声

冰封的河面在远处

远处　响起了踏雪的声音

（那是不甘寂寞的网

　开始了早早的捕鱼咏春）

此时　写诗的笔与写诗的人

　都感受并把握了一种格律的形成

啊　格律诗　在悄悄形成

## 书法中的欧阳询

笔直　坚挺

　或许有一些美丽的僵硬

不苟且

不流露廉价的笑容

招招式式的硬朗

　表现了人格的真醇

对奏时的口气也是一笔好书法啊

　无膨胀

　　却有深情

　　　存方正

写《九成宫醴泉铭》

　写出了水的精神

(唐朝的温泉

　具有了挺拔的神韵)

亭亭玉立
处子临风
潇洒的袍裙在天外
在天外的　还有一双超越的眼睛
用最美的目光看人间
大地上的人　每天都成书法的骨架书法的身形

写一篇《皇甫诞碑》
　依旧不改风骨和奇雄
(英雄的功业在人世
　书法的功力　却漫进了岁月的最深层)

书法中的欧阳询
　走出书法后
　　会很庄严地走进议政的大门

## 虞世南与《孔子庙堂碑》

让一块碑石像孔子那样
　站立　且气势堂堂
让人格的高大具体起来
　再透射出全部的温良恭俭让

那块石头是书法的考量
考虞世南的胸臆
考虞世南的境界眼光
考量虞世南从隋朝带来的白发是否依旧硬朗
考量成熟的人生积累
　在书法中　究竟
　　能弥漫多少高贵的芬芳

虞世南知道　自己
　一直处于年轻时的时光
　　处于乡野的绿色处于夏夜时投影在书卷上的月亮

处于充满正义的吟诵处于泰然的眼睛
冷静地面对人世沧桑

虞世南写《庙堂碑》写出了孔子的全部模样
夫子的眼睛是一点的圆润和情意悠长
他的骨骼是一竖挺立在大地上
夫子遥指泰山的手指出了意味深长的臂膀
夫子临水的叹息是那竖弯勾
　中间　有伤感的泪花在流淌
写到收笔的一捺
　虞世南　感到秋风渐渐变凉

写罢书法的虞世南知道
写孔子　用尽了他一生阅历所得的
　甜蜜沧桑

## 《倪宽赞》在写褚遂良

是书法在写他
　写他的积淀
　写他的目光
　写他起伏不息的心情
　写他曾历经的沧桑

《倪宽赞》真的在写他
写他的眉毛
(在那一横纤丽的横画上)
写他的眼神
(在如水叮咚的一点上)
写那一竖弯勾
(写在他童年青春的柳树上)
写那一横折时
　一些磨难　从曾经又回到了他的心上

没有绝对的割裂呵
没有绝对的彼此双方
没有褚遂良之外的书法
更没有书法之外的褚遂良
生命的本质是一种大美
眼中喷涌出的是画面
嗓音中溢出的是乐章
书法　是褚遂良心中的泉水
它的流淌　就是一泓甘泉在歌唱

能注解褚遂良的是他书法的灵光
能让书法更美的是一个多层次多角度的褚遂良
能让褚遂良和他的书法共同芬芳的则是酒一样默默
　发酵的时光

还是《倪宽赞》在写褚遂良
倪宽的事迹是美妙的诱引
引来的　是褚遂良沉吟的书法
　和老而弥坚的疯狂

## 折柳相赠

这是三月
三月柳树正青
窗外　已是柳的天下
柳树有自己的声音
有柳的三月诗意正浓
屋内相敬的酒
敬给西出阳关的故人
敬给不再回转的远行

还记得吗
曾经的柳色青青
风境湖边有湖的风景
两颗心的相映激活了彼此的心
世界不再孤单
天涯沦落的不再是漠然的眼神

折柳　折柳相赠
在同一个念想上念同一个音
留下来已是不可能
但折柳下来　折柳在手
　会寄托多少深情
柳色上有无边的春意
柳色上有深情柔韧
柳在他乡发芽时
　人　会想到折柳相赠的人

折柳相赠呵
折下的柳会永远长在手心
会在手心里下夏天的雨
　吹秋天金色的风
连冬天的雪也不要惧怕呵
正是在最寒冷的时候
　那相赠的柳
　　会让人想起暖暖的春风

折柳相赠
一碗干下后是柳的意韵
柳在湖边婀娜的时候
　天下已走过多少互不相干的人
（不相干的相遇

永远陌生的眼神)
唯这相赠的柳呵　体现了风流
　也体现了绵绵的不了深情

折柳相赠
赠你的柳　要让它在心中长出风景
一生的相伴或许就是那客舍青青
出阳关的　是赠出去的柳
阳关内的　是柳下的绵绵绿荫

## 敬贤怀鹞

快让那鹞子飞上蓝天
敬贤　是要真心敬贤

面对充满责任的脸不必使用作秀和表演
只要认真地对待言路
只要赌博时不押上锦绣江山
让百姓的炕头
每一个寒冷的冬天都能温暖
不要让他们辛劳的腰
被沉重的徭役赋税更加沉重地压弯

(形式主义的敬贤是那鹞子
揣得太久　会死去自己蓝色的天)
不要让进谏的语言感受到过分的冰寒
不要让他们有所作为的眼睛变成察言观色的双眼
敬贤的本质

是用一张真诚的脸去换取另一张真诚的脸
虚怀若谷亦不过是夸张
夸张了一个平等对话的概念

放那鸽子飞进自己的生命里边
道具　曾使万物感受到了多少恐惧和忌惮
一手放鸽一手纳谏
和平的形象　会让敬贤的内蕴更加丰满

放那鸽子吧
（可惜　鸽子已死在了
官场秀里边）

## 贞观之治



没有那么复杂　也没有后来那么大的气势
贞观之治　其实就是坐下来心平气和地听完问题
然后　用一些理智去判断去分析
防备江河在洪涝时不再频繁地决堤
保证田野的庄稼不再成为蝗虫的粮食
不使正常的讼求变成凶恶的冤狱
量才用人　少那么一点点扯不断的裙带关系

贞观之治　就是
　多用微笑的倾听代替严厉的审视
让农民适时回到田野里
　在春天　种下他们充满希望的种籽

贞观之治　就是
　把最难接受的建议吞咽进肚里
不去惬意地享受别有用心的阿谀

让诗人们敞开地写

写长河写落日评点人物言说历史

不把酒肆中的醉呓上升到忠诚与否的问题

不去掩饰看到好文章的惊喜

（哪怕那文章是在责骂自己）

贞观之治

是把民众放到较正常的位置

贞观之治是威武拓边时可以唱思念家乡的边塞诗

贞观之治是以百姓的安乐作为全部目的

贞观之治是尽量地避开桀纣的结局

贞观之治呵　仅此而已

仅此而已

# 玄奘取经

圣者的路
　注定崎岖难行
圣者的行走
　注定孤独　缺少陪伴的脚印
圣者的痛苦
　绝非常人能忍

圣者向茫茫旷野走去时
天下　有多少狐疑不解甚至嘲讽的眼神

但圣者走着
　走出伟大的征程

圣者在唐朝
　是一个立志西天取经的僧人
他的身体向域外走去

而他的心　回转

　走向内在的光明

迎面的

　是沙漠瞪着怪兽的眼睛

　是毒太阳抖动着凶恶的嘴唇

　是焦渴窒息着人

　是茫茫黑夜中鬼魅的凶险惊悸人心

而圣者心中

　则是驱魔的《心经》到达彼岸的欣喜沉浸在光亮中的

　　如如不动毫无执着的觉醒和百折不挠的坚韧

取经　在喜马拉雅山的那边

　在佛祖留下脚印的土地中

取回伟大的真理之光

　取回慈悲的光明

大道有形

大道是千山万水的流动

　是绿色的争鸣

大道无形

大道是广大的磨折后

　菩提闪现在心灵

玄奘取经

一双草鞋的脚

　走出了崇高和坚贞走出惊天动地的传闻

九九八十一难后是正果

降妖伏魔的护卫与忠诚

　是至心皈依的护法之神

玄奘取经

取经后的玄奘

　又走回了当年送行的门

丰沛的佛法一刻不停地诵着梵音

玄奘取经　取回的

　是我们忽视和忘却的真心

## 文成公主走向西藏

走向蓝蓝的天白白的云
走向带有野性的雪山草原和牛羊
亲近那里的毡房和糍粑
　青稞酒和牧场

（雪域高原的传说丰沛而又粗犷
冰冷的雪水从春天流过
　流成清澈美丽的雅鲁藏布江）

那里是佛的国土
（盛行密法有加持也有伏藏
诀窍的金刚直指人心）
呵西藏
文成公主走向西藏

一条和亲的路上

没有多余的眼泪
只有责任和热切的希望
盼民族和谐盼和平带来美丽的金光
盼两种文化的交流
飘溢浓郁的芬芳
盼望年年的岁月扎西德勒
每天的日子幸福吉祥

文成公主走向西藏
长安城的楼头伸出檐角开始了长久的眺望
望中原的女儿渐行渐远的锦绣衣裳
望高原上的格桑花接纳汉家美女高贵的情肠
望溜溜马蹄跑来的年轻藏王
珍惜酒一样醇香的爱
怜惜清纯少女的目光

文成公主走了
她走过去的地方有着浓烈的阳光
(那里阳光很灼热
能把每一首藏歌都唱出牧歌的高亢)

文成公主走了
美丽的发髻对着中原对着黄河流淌的故乡
她是我们嫁得最远

回不了娘家的姑娘

文成公主走向西藏
博大温柔的爱感化了许多冲动的刀枪
(那些刀枪们发誓重新投胎
去轮回　做来年的草
长出遍地欢乐的春光)

# 《大唐西域记》

西域那里
有炎热
也有足迹
有宽阔的河水流过印度大地
有绿色的菩提树下悟道修禅的故事

《大唐西域记》
是一具袈裟和坚定的意志
顽强地去追求
去求得真理

《大唐西域记》里狂沙太多
多得几乎要淹没所有的日子
狂风肆虐时
天空隐没
泉水逃逸

魔鬼们戴起灾难的面具
制造更多的死寂

《大唐西域记》里
菩萨的声音说经文
念此在此
《大唐西域记》
记载了中国人的说法
震撼了天竺的日子
《大唐西域记》里
艰难的磨砺是一笑
是一笑后　化烦恼为菩提

《大唐西域记》此去西天是取经
取回梵文版的佛祖真意
（佛祖的真意是拈花一笑
是绵绵的丝路花雨）

《大唐西域记》的真实
是一颗伟大的心
不远万里地
去拥抱智慧的根蒂

## 唐代的那些坊

唐代的那些坊
弥漫着诗意的芬芳
一坊一坊的故事堆积起来
次第生成的
是令人心动的大唐气象

那些坊里有酒香
（胡姬压酒劝客尝的酒香）
酒的香味漫开来
是五言绝句
也是七律流涎的绝唱

那些坊里　丝竹在唱
唱一阙关山月
唱一阙春江花月夜的悠扬
唱到白日依山尽时

先是王之焕的眼睛亮
　王昌龄的眼睛亮
　　然后　是万家的灯火闪闪发亮

唐代的一个坊里
一只权势的金龟会潇洒地为诗人李白付完酒账
少小离家的绝句乡音在陌生的柳色上
满头白发归乡后
　看到了儿童闲捉柳花的模样

唐朝的那些坊里
苦读的书声直接对接着曲江
三月三日天气新的时候
　士子们会兴奋地去看榜
（中榜后可骑马看花
中榜后可连宵诗唱）

唐朝的那些坊里
更多的是贫穷的饥肠
（他们是心忧炭贱愿天寒的卖炭翁
她们　是三尺红绫卖一身的杜秋娘）
唐朝的坊里诗人们在写诗
清浅的诗句　明朝
　会伴着孤独的胡琴　在街头卖唱

## 重阳节

登高
有乡情的重叠和酝酿
风物　变得不再那么嚣张
(开始温暖且表现得历经沧桑)
高粱的红　让人联想到健康的脸膛
芦花的白　总会叫人想到春天一支早醒的琴
　轻轻舞蹈在湖面上

登到高处
那些茱萸将插成何种模样
怀念的远方名字叫家乡
家乡却不在具体的位置
(呵　心安之处
　是暖暖的故乡)

天边的河流　已经找不到夏天的衣裳

一些庄稼与果实

　已不再等待重阳

　　进入自己的宿命

　　　进入憨拙的囤仓

鸽子的哨音也稀薄

　最终趋于消亡

高远的蓝天离我们渐行渐远

　只留下这民俗的重阳

重阳　是需要登高的

重阳需要心思沉重的愿望

重阳时　能望见蹒跚而至的风霜

重阳时　迎风的红叶是迟暮的美人未曾卸妆

重阳需要端的酒最应该是菊花

重阳喝菊花酒时

人人都能喝出满腹的多情

　一生的秋香

## 呵　少林寺

有一位高僧
　在那里面壁
他是生生世世的禅
　无有坐下
　　也从不站起

全部的融化
　是和美丽的宇宙融合在一起
外缘不生
一切　都长驻在光明里

那里练武的声音只是晨钟暮鼓的余绪
(血液的沸腾无关生死
形象的起伏只不过使棍棒充满了青春的惊喜)
那里谁都不愿惊动一位高僧一位从西域赶来的祖师

面壁十年
影子嵌进了墙壁
无所来亦无所去
无过去世也无未来世
当下的这一刻不是形象的矗立
　是不守不拒是终极的色空如一

护寺的拳脚　已被时间进行了传奇
召唤的钟声也融进了千年的古松里
曾经的岁月　是眼睛
　看少林寺日渐的华丽
曾经的春风　回来
　却敲不响那具
　　警锐的木鱼

## 红叶题诗

好美好美的典故
好美好美的红叶
好美好美的红叶题诗

一池秋水汪汪流来
　是哀婉的泪滴
　　也是寂寞难耐的日子
美丽的脸庞连同一面铜镜一齐日渐憔悴
高高的高墙外边
　飘过来的　竟是春天的气息

春天到来时
　大自然和多情的人都会写诗
桃花写红红的诗
杏花写粉白的诗
溪水会写浪花的诗

思夫的闺中少妇会写陌头杨柳的春思写民歌的
　打起黄莺儿莫叫枝上啼

红叶题诗
偏偏是经霜的日子渗出了相思的血迹
(如火的炽热
　迸发出来有谁知)
燃烧的情绪呵随秋水出藩篱
　飘进多情的目光里
(那是命中注定的啊　两情久已相知)

题诗的红叶呵
题诗的明眸皓齿
霜雪凝腕的书写
傻傻而又痴痴

看诗的人儿在高高的墙外
他是从前生的誓约而来
　一直　等在今世

## 兽首玛瑙杯

这样的玫瑰
　纵使不开花
　　也一样会弥漫着芳菲

和谐流畅的美
　把一切的棱角和刀锋尽皆摧毁
酒的颜色让酒自己产生了菊一样的微醉
昂首的挺立是醉卧
　是酣然大睡
　　是一方玛瑙始料不及的光辉

这样的玛瑙杯
　体现了目光所及的一切精髓
浑圆让人想到了秋天
(那些瓜果甜蜜得摇摇欲坠)
婀娜让人想到了少女

(青春的岁月流丽奇瑰)

岁月的确是不曾推诿
不曾从我们面前拿走这玛瑙杯
让我们很直观地领略和把握这惊心动魄和高贵
让我们在酒的脱离和分裂后看到美的本质是没有概念
　没有归类是一只玛瑙杯没有献媚于谁没有把自己
　　婉约给谁

这样的芭蕾
　是时间踮起脚在我们眼中旋转着飘飞
在最惊艳的那一刻　我们看到了绝顶的精粹
一只杯子酿出的酒　已经让自己沉醉

## 李淳风

那是不算卦的李淳风
　手里握着唐代年轻湿润的风

风的尾巴在他的胡须中
他看出了风的颜色看出了风的精神
他给风定级标明了风的力度和神情
他使抽象的东西具体化
　绿树的摇摆水面上漾动的波纹
　　夏天里一片树叶的颤动秋天飞成一条直线的蜜蜂
风在他的眼中是有层次的
有一些令人心动的内容
风在他的眉毛上挂得很久
他知道
　那是酥软柔嫩的春风

那是不说《推背图》的李淳风

他的手清晰地触摸着历史的脉络和神经
盛衰兴亡的图画本身存在于他的眼睛
不泄露天机地他抛出些隐喻错话以及谐音
　让我们在广大的推敲后恍悟那些悄悄的曾经

李淳风是和浑天仪站在一起的
他钟情于自己留给现实的发明
他的耳朵弥布在空间听河水泛滥的倾斜声
他的眼睛却在浑天仪上在每一个轻微的颤动中听风
　听雨听来自大地的动静

李淳风在《推背图》里从不推自己的背
李淳风也不在天象中留下自己的咳嗽声
李淳风的指缝间有一卷《易》
掐掐算算着　他已成了离我们很远很远的古人

## 孔颖达　孔颖达

不管说不说话
他都是广征博引兼收并蓄的孔颖达
孔颖达的手是理性的
一生的梳理之下
那些五经熠熠生辉放射出了新的光华

孔颖达的话被《易经》说过
相互的孕育与包容便开出了哲学简易挺拔的花
太阳与月亮的存在绝非随意的连结与混搭
草与春天的关系也不仅仅是轻轻一掷的卜卦
时间与波纹有时会是同一种东西
覆霜而至的小狐狸是比喻也是季节走来时
　拖着的俏皮的尾巴

《尚书》在孔颖达面前还是那么不好好说白话
它的磅礴气势中最可爱的是战士的意气风发是不停地

强调田野里勤劳的庄稼是对正义的充分肯定
是沉溺在自己的倔强聱牙
是充分地保留了一些史料
是反对奢靡提倡珍惜岁月中那些汗水的飘洒

《诗》的声音在孔颖达那里很嘈杂
浓郁的抒情
借题的挥发
个性的张扬带来了可爱的夸大
多种的心态有些幽默地曲解了最古老的鞭挞
孔颖达融解了那些可爱的声音在自己的内心做出疏解
使美丽的韵味发扬光大

孔颖达疏注《礼经》使人的言行更加合度而避开了教条
和篱笆
微笑和旷达融合在一起唐人更加潇洒
对放逸的限制使那些出塞的酒碗时时会想起
客舍青青的老家

孔颖达在《左传》前并不多留意春秋的厮杀
深入场景他看到了社会结构的崩毁十分可怕
连年的征战激发了智谋也造就了并不可爱的智谋家
夫子们的呼喊虽微弱却有一种看不见的心灵强大
孔颖达喜欢战国的率直却讨厌宫廷中的欺诈

不管孔颖达说不说话

那些疏解　时时

都在说他的话

## 西域边城遗址

时间　把它的无情留在了这个地方
西出阳关的脚步和那些多情的歌唱被它的一阵风悄悄
　抹光
一座城市的繁华和衰败后的凄凉被它抹光
抹光的　还有壮士的豪放酒碗的荣光舞女的颜色
　死去的刀枪

这里只有遗址只有城市颓败的牙齿
　成为满是豁口的城墙只有夕阳在久久的轮回中
　　无法把自己抹光只有它的血洒落在沧桑的大地上

一座城市的遗址
　已无法代表城市的形象
　　无法使古龙门客栈的窗口透出谑笑的灯光
　　　无法让威严的门楼俯瞰大漠的荒凉
　　　　无法让中原与西域的柔板在一把或数把

胡琴上幽怨地歌唱

这座城市的遗址怕深深的秋天
怕野风至秋草黄
怕那些随风而至的西部风霜

这座废城只有一个念想
想边塞诗吟诵起来时
　自己　能表达出更多的粗犷和雄壮

## 阎立本

他是《历代帝王图》的帝王
他统领颜料画笔和光亮
他对所画的眼睛和嘴角具有着绝对的裁量
他的评判从帝王的神态中渗透在画面上
他是唐朝人　唐人
　以直觉对贤明和昏庸进行衡量

《步辇图》中
他使人物表现了更多的富贵和趾高气扬
浩浩荡荡的气势和排场使他产生了局限
无暇对田野和民间进行有效观望
他被宫廷氛围强迫
　要他画一壶茶暖调子的安详
　　画一个老和尚莫名其妙的慌张
　　　画《兰亭序》的被偷应该在一个夏天的晚上
抢夺变成赚取

他并不怀疑一个风流的帝王

阎立本在画画
他的动作从未收场
画完《职贡图》
他还会画更多的唐人模样
唐人的体态被他画肥了
女人的胸脯很流行地
　按他的画笔鼓胀

## 怀素的《食鱼帖》

《食鱼帖》不食鱼
　是怀素食鱼
江南的芭蕉叶
每一面　都有狂草的怀素字

无酒可啖的日子
　单调而又枯寂
天是灰暗的且下着扯不尽的细雨
细雨阴天里的怀素想酒想沸腾的日子
江南的雪壁上
他的狂草如龙蛇腾起
淋漓的笔锋濡染着姿肆的墨汁

《食鱼帖》后来又食鱼
　和狂放的怀素一起
鱼食点点划划

　食出精气神也食出大呼小叫的气势

怀素食鱼
书法从他的情绪中气流一样涌出
唐人的气度被表达得酣畅淋漓

《食鱼帖》被怀素所食
　那是帖子都精变成了鱼
江南的烟雨诱惑太大
每一面湖泊都想念食鱼帖中的鱼
怀素写书法写活了每一个传神的字
所有风流的网撒下去
捕出的　多是怀素的狂放不羁

## 大明宫凝想

思想和思绪都是凝固的
　无法展开也无法飞翔
这里　有形的是遗址
无形的　却是权势的计谋的充满泪水血水的宫墙

这里展开的情节决非我们看到的那样清晰明朗
这里的笑声也不会是显露给我们的那种坦荡
这里有一些目光并没有表现得充满阳光
这里是彻底的象征
象征着历史的前行中笔的美丽中隐匿着刀枪的嚣张

全部隋唐的故事
　有时　会很具象
　　具象成帝王的威严和臣子的慌张
　　　具象成一些女人的醋意和另一些女人的张狂
　　　　具象成一个政治团体的消失

以及另一个团体的甚嚣尘上

在大明宫的遗址上已经看不到当年的奏章
奏折们鸟一样飞走后丢失了自己的翅膀
肆无忌惮的草从石缝中长出并没有感受到改朝换代的
异样
白头的宫女们走不出大明宫走不到回家的路上
只有太阳的灼烈　在夏天
酿造了更多不安的蝉唱

在大明宫遗址凝想
那么多的惊心动魄那么多的风流与疯狂
原来只是漫长的岁月中一次微弱的声响
庄严和威严会瞬间坍塌
权力被风稀释后
再也看不到龙袍的模样

在大明宫的遗址前凝想
风的呼啸中带来了秋天的绝望
一场雪快来了
雪后的大地上万物寂静
遗址　已找不到自己的形象

## 在《春江花月夜》中沉静

沉静在这
　诗的
　　禅的
　　　画的
　　　　《春江花月夜》
　　　　　便融化在悠悠的万物中

千年不息的江水
　在今夜流出了无声
江边的野花与闲草
　听到了一个人的呼吸轻轻而又轻轻

只是静静地流
流过芳草甸也流过千万年的人心
春天的江水和江水中的春是同一属性的两种有型
春天流出的　是江水的暖意

江水流来的　是春天的明净

在江水边伫立
在《春江花月夜》中沉静
那轮明月　早已沐浴在春水中
温暖的月亮本是因春水而生
春天慵懒的迟钝
　正是为了那徘徊的月影

春天的月亮呵
　照着年年春天的花林
　　照着年轻的绿和嫩嫩的红
春水万里走天涯　这一段
　是春天自己的抚摸自己的面容

叹息人生
叹息短暂的人生
流过亿万年的江水照过亿万年的月亮依旧年轻
　如年年的春风
只有人生是短暂的
短暂的人生使我们在一首诗中沉静
想那些离别
想那些相逢
想生老病死的人生

一直　想到一种意境

这是有花朵的春夜
这是有江水的花影
这是有月亮的花朵
这是有春风的月明
世界的一切简单而裸露
　明确地表达在这种沉静

这沉静是人　是一支诗笔的沉吟

春天里　让我们共同走进一首诗读懂大自然的启示
　读懂自己的心

## 对《捣练图》的诘难

漂亮的女人　只是给画家捣练
她们来自宫廷来自宫廷的富贵和丰满
优美的服饰和美丽的脸都遮蔽我们不能把目光
　伸入到民间看到劳动者流着真实的汗艰难地捣练

这些漂亮女人捣出的练质地艺术般的柔软但却缺乏
　真实的内涵
从中　找不到民间的节日和思乡时月光的温暖
这只是一些目瞪口呆的白练
没有了深情濡染没有在基层的坊间盘恒
它不立体　它很平面

应该让一个农妇带着红润的脸膛捣练
（让她的狗狗爬在春天的门槛
让她的孩子摘一朵杏花
让溪水在窗外清晰地潺湲）

还应该让一个乡村少女充满清纯气息地捣练
(让她的眼波完整无损地表达一个繁茂的夏天
让她的笑挂在嘴角边
让绿色的草在池塘边呐喊
让池塘的鱼儿跳起来炫耀优美的身段)

捣练图里　是一群贵妇在捣练
她们的脸上只有脂粉没有真实的汗
真正的捣练者　在画外　在火热的生活里边

# 唐三彩



唐三彩很激进
绿色的美要超过春天
骆驼的背上呈现绿色的草原
沙的颜色是驼毛是黄得不俗黄得惊艳

唐三彩激进的颜色顽强地漫延
马的皮毛中伏藏着丰腴的秋天
眼光中　是遥远的泉水把影子嵌进目光里边

蓝色的天空
　唐三彩的元素在泛滥
湖水们　哪怕在夏天也无法改变唐三彩赋予的淳朴的蓝
唐三彩让雪花飘来时
　飘向唐朝的碟子唐朝的碗
　　把冬天的皎洁长留在人间
(无量的雪花中唐三彩精打细算

唐三彩从不让雪白的世界有一丝丝污染）

唐三彩在黄色中延展丰收的秋天
黄即是金黄啊是唐三彩关于富裕的概念
唐三彩的金黄也是橘子是苹果和梨的颜面

唐三彩一直是激进的
它觉得温吞的火很令人讨厌
它喜欢赭色的果敢
唐三彩想给自己确定一种形象
那形象　应该是
　颠覆目光的马踏飞燕

# 国色天香

说的是牡丹
鲜花的嘴唇在四月泛出青春的亮光
彩色的衣裙张开在园中也张开在季节的芬芳
眉眼媚媚地打量人间
她们是国色　是大面积的色彩之王
她们是天香　香气馥郁人间时
　我们能嗅到仙乐般的体香

绝不羞羞答答
也绝不躲躲藏藏
要开　就开出满园春色开出气节的高度和气质的硬朗
　开出昂首阔步的美开出自我顾盼的风流倜傥

经历的那些个冬天
白雪　肆虐在大地上
国色天香　在神话中试穿着短短的衣装

她的皮肤是花色
她的短裙也含苞待放
她的气息已开始酝酿春天
她想起自己的前身　那是在天堂
仙乐环绕着　她随意地行走在暖暖的风上

说的是牡丹
牡丹的芳名叫国色天香
以王者的气度做新娘
每年　嫁给春风的时候
　她都翩跹而来
　　在焕发了青春的花枝上

## 模棱宰相

是　还是不是
不是　可能是那样
模棱宰相的手
　模棱两可地游荡

做官的学问原来是喋喋不休后
　让人觉得语言空空荡荡
　　是一片树叶在秋天飞来时
　　　转身　飞快地逃向一旁
（怕呵　怕那树叶砸在头上）

模棱宰相
不表态却有坚定的表态模样
不肯定　却给人以不容置疑的目光
不反对什么
　但让人觉出　有些东西

他从不提倡

摸着一把官椅的棱角
模棱两可地笑声朗朗
模棱两可地姿态高深
模棱两可地得意洋洋

模棱两可宰相已经习惯了自己的形象
在模棱两可的岁月中
认为态度鲜明是荒唐认为立场坚定是荒唐直言敢谏
是嚣张敢作敢为是狂妄把一切都表达清楚了是
语言和逻辑的忧伤无法体现思想和意识的含量

模棱两可的宰相呵
模棱宰相

# 梦李白

花间的那壶酒
　正对着月亮
月亮下的影子正伴着你徘徊踉跄
星星们躲得很远很远　它们
　看不到你的郁闷和忧伤
和你同行的还是诗
(那心中无羁的乐章)

一生的流浪
一生的狂放
自由的灵魂
　清醒着　在人间歌唱
醉了　便飞到高高的天上

在群山之间放养白鹿
　就是放牧自己的荒唐和梦想

事权贵岂能不摧眉折腰
想开心颜　何必在肮脏的官场
手把木芙蓉去采月
会采到《古风》的芳香
金陵酒肆的那一天给后人留下了千古浓浓酒香留下了
　风吹柳花留下了压酒的吴姬姑娘
坐在敬亭山的那一刻呵
你的确有些物我两忘
　忘了自己的存在
　　忘了鸟和云都不受诗律的制约
　　　飘在了天上

吴王宫里醉了西施
　总让你有拂不去的情伤
历史　女人　美酒与夕阳
　相互融汇在一起时
　　你是逃不出劫数的多愁善感　有了更多的惆怅

一生醉在民间是你最好的下场
辞玄宗走江湖绝对够得上是辉煌
谁敢容你天子呼来不上朝
谁敢容你日日醉酒游走在长安街上

始终陪伴的是诗是歌唱和奔放

诗中可以抽刀断水
诗中可以目送秋雁飞在蓝蓝的天上
诗中可以对遥远的瀑布做最美丽的打量
诗中　可以把床前明月光艺术成千万代人乡愁的月光

不知道那顶翰林帽是扔在唐宫中还是仙游的路旁
不知好客的汪伦是否为你私酿了最好的酒缸
只知道你捉笔朗吟的时候
　眼睛和灵魂
　　都在天上

## 茶圣陆羽

他是沸腾的
　并不曾真正死去
江南或北方每天早起的茶壶里
　咕嘟嘟一水波澜
　　听见的　都是品茗的文雅絮语

茶圣是关注一撮茶叶的
甚至　可以关注到清明前的那场雨
关注茶叶雨后的绿关注茶叶在枝头上的挺立
在一阵香味袭来时想茶的形体想到采茶少女怀中
　焙熟的春茶有超越了茶香的蕴意

一壶侧出时
天下泉水被神圣的茶分出了等级
一泉品茗
二泉映月

三泉　照隐约的梅枝
冬天的雪从空中飘来
烹进紫砂壶
可以静心　更可以心旷神怡

茶圣陆羽是在一个雪天消失了自己
那雪天　有一把平静的红泥小火炉
还有飘满茶香的唐诗
最好的茶和意境
都让他筋骨酥融　羽化成了仙气

他变成了一本讲茶的经书
（那本书里　茶香馥郁）

## 读《回乡偶书》

童年的路是找不到了
还有那些代表时间的野草
离家的那一天　柳笛
　曾吹起乡间情浓的小调
那卧牛的伙伴何在呵
哪里　还能找到邻家姐妹
　亮灿灿的笑

炊烟依旧是升起来的
　但已不是儿时的味道
溪水中的鱼游过时
　溪水　不知自己渐渐变老
东山的红叶又一次如火呵
秋风吹来时　不是暖暖的抚摸
　而是冷意　幽幽地浸进一袭棉袍

回来了　又回到这乡间小道
满腔热情地出发收获的却是一些莫名其妙的亢奋
　和无穷无尽的烦恼
是这雪白的胡须一天比一天变衰
是踌躇满志的胸背变成了老态龙钟的腰

说一句乡音给谁听
乡音　是回家唯一的通道
那些孩子们是河里新长出的鱼
　神态　比眼睛更加美妙
呵　儿时路边的野花呵
　如今在哪里玲珑哪里妖娆
儿时放回水中的泥鳅
　可否　繁衍出了更多的胡须和痴笑

不要问我从哪里来
孩子　不要问我是哪里的野老
我是早早离家的孩子
几十年　走过了崎岖艰辛和许多烦恼
不说了　不说儿时的小名不说乡间的知了
说出来　又有谁
　能听得懂归来后独自的心潮

## 青梅竹马

好翠好翠的绿青梅
　拿给你
尝一尝　童年
　酸涩而幸福无邪的日子
青梅的花开得无名无姓
人们喜欢的　是这青梅结子
嚼一嘴青梅
　你就知道自己生活在童年的春天里
春天　去尝青梅淡淡的香甜
　去忘了那些酸涩的不如意

骑个小小竹马来
　我知你　知你是邻家之子
一树桃花开在墙中间
　一抹红云
　　飘进两个院子里

你骑竹马来情窦未开
只有目中的笑
　清澈一如好天气

终于　是我们长大了
　也把青梅竹马暖成了人间情事
青青梅树早已死去
　已寻不到儿时翠绿的嫩枝
童稚的竹马也跑散了
　散进了风一样的记忆
我们的青梅竹马呵
　变成了迟疑的距离
(呵　两小无猜在哪里
哪里　还有青梅竹马的故事)

好熟悉好熟悉的眼神
　是否　是当年青梅树留下的记忆
好爱听好爱听的竹马声音
　是不是从童年走来的某一个日子

酸甜的青梅拿给你呵
顽皮的竹马走向长大的你

## 曲江园林

中不中科举是小事　反正
　我们都要走进这曲江园林

不辜负三月桃花的美韵
诗意的酒杯举起来吧
干杯　为了那些暖暖的风

唐朝的女人
　原本就是风的灵魂
丰腴甜美的笑
起舞不停的衣裙
满头的云鬓鲜亮雍容
她们走进仕女画的时候
　在曲江园林的乐舞中丢下了妩媚的眼神

在曲江园坐下

看走马看花的人看他们的眼睛里飞着彩色的蜜蜂
三月三日天气最美最新
最美的那天　曲江园
走来了杜诗也走来了骨肉均匀的女人
（态浓意淑她们炫耀皇家气派
炫耀甜腻的风情）

中不中科举　反正
都要饮酒在曲江园林
活泼的民间　有时
并不在意榜上是否有名
只要曲江有花有唐人的歌声
只要诗的韵律飘荡在蓝蓝的天空

曲江园林总是有风致的
有水波与目光的互动
有人们健康的笑与阳光
互相浸淫

## 想起了王维

唐朝时的那次出使<br>
　目光中的一切都被边塞诗化<br>
他看到了最美的大漠孤烟和落日

那孤烟的确孤立也很直<br>
(就那样傲立在沙漠上)<br>
长长的黄河里有西部血一样的夕阳<br>
　通红如宝石<br>
　　凄迷如宝石

他很内敛　有时<br>
　将诗凝炼成自己<br>
　　有时　又将自己<br>
　　　凝炼成平静的诗

那一次的空山新雨后

　他表现出了很深的秋意
月亮照过枫树林
　很亮也很孤寂
清清泉水在石头上流出了一些絮语
竹子的喧闹声中走来了唐朝最健康最美丽的女子
渔船儿钻出来
莲花的摇动　窈窕清丽

那一次的道别朋友
最后一碗酒充满隽永的情趣
朋友走得一去不还
客舍青青杨柳新地
　他沉静在渭城那场朝雨

辋川是他的一幅田园画
　有一些归隐的往事
在最安静的静夜
　他听到桂花落在空空的山里
他的心是敏感的
(敏感地感觉到天已寒红叶已稀)
他是一炷禅香　有时
　亮在渭川田家里　有时
　　静香在古老的香积寺

## 辋川图

辋川图是民俗和风情在画
画无言地铺展开的山川
画悄悄流过的水
画鸡鸣和炊烟
画一拱小石桥慵跨在溪水上
(桥下　有淡淡的云雾翻卷)

辋川图是风在轻轻展开
展开了风景和看风景的眼
展开了翠绿后花草们的呐喊
羊群被展开后　在夕阳下走来
　幽静而迟缓
耕牛被展开后　犁下
　土地燕子般的呢喃

辋川图的雨展开后

　是湿润丰茂的夏天
(夏天的鸟儿从不飞出辋川)
辋川的山石展开后
　泉水流过
　　流出碧绿的深潭
潭水中漾动的鱼钩
试图　钓出一个金黄的秋天

辋川图的冬天展开后
　世界纯净地飘不起淡淡的炊烟
冬天安静的小火炉从不畏惧来自四方的严寒
它的絮絮叨叨表明它有故事
故事中　是远离尘嚣的恬淡

辋川图最美的时候是春天
春天里　唐人王维会写诗
　会写出辋川的绝妙和存在感
王维写过的山会是空山
王维写过的桂花会很安闲
王维写过的古寺里有真正的禅
王维写过一场新雨后
　在辋川举伞的　是那些旁若无人的雨后红莲

## 孟浩然

凝起神去听
听到春晓时　鸟鸣
　颤动了春天的魂
旷野的风声和雨声
　亦不能催开诗意的眼睛
一些花在春天落下
　（呵　满地的落红）

那一次的过故人庄是写实的风情
日常生活地坐下
看黄鸡白酒看田野的喧腾
看绿树村边之外那一抹青山隐隐
一直看到来年的重阳麻和桑成熟的面容

不才明主弃真的是说给帝王听
山山水水的美

鱼梁渡头才是归宿是诗魂
不在官场就是不在现场
不在现场看倾轧
不在现场看纷争
敞开农民的窗户在南山中
一把蒲扇一缕自己的清风
山光西落是落在自己的池水中
新月东上　也是上自自己的池水中

年年的春晓　是要懒懒地睡着
　并且闭起眼睛听
听深山更深处走来的春
听落自枝头的风
听雨溅在碧绿的潭水中
听潮湿的农耕生活里又有一个清晨
　留下了一地的落红

一直　听到
　山水诗的心跳声

## 口蜜腹剑

听到的　总是褒奖与夸赞
　是令人感动的语言
　　是必欲以死相报的笑
　　　是语言中饱含的香醇与甘甜
(这样的甘甜
　让你永远不加防范
　　让你对一切都会心甘情愿
　　　让你在被置于死地的那一刻
　　　　绝不会怀疑那是一种欺骗)

而心中　却是阴毒而林立的剑
一剑封喉
一剑让你玩完
(那剑是微笑着的
　永远是美丽的笑颜)

无法面对的反差和裂变
无法面对这种人性的溃乱
为了权力的获得和永久掌权
满口流蜜　甚至
　让人感受到全部的春天
而幽暗的腹中
　却突然飞出一把把毒剑
卑劣　阴险

呵
许多的笑容被斩断
许多阳光的心态被暗算

那卑鄙口上的蜜流着
　流出人所不齿的无耻谰言
那罪恶的剑蛰伏着
　随时准备跃出
　　制造更大的灾难

## 《送杜少府之任蜀州》诗意

知道　是要千里而去
知道离去后
　无法确定还有没有见面的日子
(谁不是天涯沦落
谁又能在送行的酒中
　喝尽全部的蕴意)

看河水从眼前蜿蜒而去
看烟尘之外的路上堆积了许多来来往往的足迹
宦游的日子只是一碗饭
　端起来后　才知道并无更多的诗意
蜀州的路迢迢复迢迢
这一去山重水复无知己
这一去　要向谁去流下相知的泪滴

呵　走吧

好在　大地只在人的心里
万里天涯可以拿来比做邻居
浩浩四海难得知音在
你想着我时　我正想你
(此刻　正是永远的知己)

分手的日子叫歧路
要让人走向一种距离
那距离天涯海角
那距离永无相聚之日
那距离让分别的泪难以自持
那距离让斑白之发
　显露儿女态式

呵　走吧
人生　其实就是身不由己
记住这分手的路吧
这路上　我们曾流下相送的泪滴

## 天下的大唐

天下的大唐是放纵大漠上的路和海上的路伸向四面八方
是并不在乎一些脚步走来时是眼碧胡须长还是操着
异域的声腔
天下大唐是爽朗的笑
干掉手中的琥珀杯后
有事　好商量

天下大唐是吸收
吸收最明亮的阳光
天下大唐产生了李白
让他代表性地挥发那种气势昂扬
天下大唐也并不排斥诗人王维走在辋川的路上
或者　怂恿孟浩然吃鸡喝酒在一个闲谈的农庄
天下大唐在威武拓边时
倾听梅花落下后　那些将士
歌唱着思乡

天下大唐迎来日本使者
　让他们饮最好的文化琼浆
送他们回家的时候
　大唐衣带迎风　宽博而又爽朗

天下大唐要画最好的画
　画出最明亮的阳光
天下大唐要写最好的书法
　让各种书风肆意徜徉
天下大唐开科取士
　取明智儒雅的目光
天下大唐的衣袖更多的不是飘在梨园
　而是飘在红绿相映的乐坊
　　唱王之焕唱高适
　　　唱王昌龄唱陈子昂
天下大唐发声是发诗歌的声音
天下大唐亮相专亮那种褡子束胸
　丰腴肥美的女人形象

天下大唐的博物馆在敦煌莫高窟
千年岁月万里风沙挡不住滚滚人流走来
　在壁画和菩萨像上看赳赳的唐人气势昂扬
(佛的故事已变文
曲子词唱起来

能唱出遍地的舞台和慈悲的声浪)

天下大唐把自己展示给天下时
谏臣们　正和皇帝争论得满面红光
天下大唐敢于承认自己的血液中有草原
也有浓郁的中原风光
有冰天雪地的森林也有千帆竞发的黄河长江

天下大唐纵情时从不躲躲藏藏
它会高昂地唱秦王扫六合
也会闲闲地吟床前明月光

## 呵 《罗织经》

为了让阴暗变成光明正大的一面
为了让莫须有变得义正词严
为了让夜色在白天高高垂下遮挡人们的双眼
呵 这就有了《罗织经》杀气腾腾地出现

在无关联的事物间进行勾连
使不该出现的奇迹般的出现
用屈打成招的证词击败连酷刑也难以制伏的双眼

《罗织经》躲在灯光下
　看通红的铁在人体上烙出痛哭的油烟

不需要陈述也不需要抗辩
一把无形的手恶意地制造了灾难
被株连的一切只有一种选择
　怎么死 才是一种方便

那纸判状就是最专制的脸
罗织是人为地织出一张网
　将人紧紧地捆绑在中间
自己的罪状源于他人的佐证
自己　只有恐慌和心灵的痉挛

《罗织经》是在恶意的怂恿下对人性的摧残
《罗织经》让许多无辜的血痛苦地流干
《罗织经》昂首阔步时　人类
　离灭顶之灾不远

## 步孟浩然《春晓》诗意



多么舒适酣甜的春呵
连春天本身都懒睡在那个意境里

春天的梦中
　花朵沁出露滴
　　空气里　翻滚着暖意

鸟的叫声　在群山中
　在竹窗前溅起遍地旖旎
鸟叫不开感受春天的眼睛
　却能叫醒被春风濡染的听力
春天的早晨　听起来
　是噼啪绽放的芭蕾
　　是溪水流进酥润的潭水里

昨日　是刮了淡淡的风

下了轻轻的雨
昨日的风让人想起了一种温柔
昨夜的雨　叫人忆起
那些杏花飞出了枯枝

闭着眼睛
想花朵飘落在地
好美好美的颜色
好轻柔的身子
暖暖的春天
它们会化成芳香的春泥
会悄悄消失了自己

总不想睁开眼睛
不想破坏春晓的诗句
春天在心中时
春风很柔
春雨很细

春花飘飘沾满多情的裙裾
春天的人　闭着眼睛
走在暖暖的春意

# 读《过故人庄》

感谢古人
　把黄米和肥鸡都准备得很诗意
　　在宽阔的场圃上
　　　在恬淡的意境里

田家的日子
　是会有些夸大和修饰
但这里只有静谧没有粗暴的吆喝声响起
粗壮的绿树藏着足够的风
乡野的夏夜　凉爽适宜

青山就让它远远地跑远吧
它和唐人的牛羊拴在一起
大不了是一场噬着青草的走天涯
走天涯的影子　看上去
　是不折不扣的盛唐气势

端起农家自酿的酒
　说桑树和麻的故事
说平静的岁月里
　一碗酒　不会泛起过大的涟漪
太平盛世无非是安居乐业
　是茶余饭后　能在树边
　　看见池塘中跃起银色的鱼

是朋友就来吧
记住今天的惬意
约定明年的日子
明年的重阳节花会开得更艳
她的黄色蓝色和其他的绚丽
　都会延续更多的蕴意

明年的小轩窗还是那样亮
明年还是这凉风习习的好天气
明年的酒中更有一些温熟的情趣
明年再来时
　践约的
　　都是一些出口成章的田园山水好诗

## 请君入瓮

那么　请君入瓮
这已是故事的尾声
是请发明者享受自己的酷刑
请君入瓮　请君入瓮

残暴　有时会倾斜天平
阴谋　有时会遮蔽光明
甚至　连狼群也会在某个时刻无知地统治人
但是　大地上最终会有风景
春风　总会在野草中苏醒
兽性的溃败是大地上无法颠覆的理性
杀戮杀不尽求生的欲望
恐怖　不可能长时间地统治人类的灵魂

总有太阳出来时
　残雪消融

总有正义艰难地匍匐后

　勇敢地立起身

那烧红的大缸那古瓮

　在最狰狞时

　　也不能一口吞尽天下英雄

有一种人叫酷吏

酷吏有着工具的本能

残暴的酷吏曾看着权势的眼神

　让乌云布满我们的天空

现在　是尾声

大缸再一次烧红

权势者的权变令人心惊

酷吏听到了最可怕的声音

　请君入瓮　请君入瓮

## 一个女骑手

一个女骑手
　骑着唐三彩暖暖的绿油油的红和沉思般的黄
她代表一种解放
　在时间的节点
　　突然矗立　并释放一种能量

找不到满头的乌云
（那些乌云羞涩在闺房）
也看不到花钿在风中摇荡
婀娜的线条和柔弱似乎都已不在现场
在场的　是一次性别的宣言
　是唐三彩的英姿飒爽

一个女骑手奔进我们的目光
色彩　因她而妩媚而闪现光亮
一幅画面骤然亢奋了起来

且产生了些许的慌张

一个女子　骑马
冲进一种形象
一个形象以摧毁般的威力
颠覆了传统的目光
闺中的扭捏已无法病态般的漾动脂粉的芳香
绣袄上的鹧鸪　对春天产生了雄性的渴望

那女子　骑马　走在大唐
大唐给女子留下了更多自由的地方
留下了眼入春风
也留下了不去束缚胸脯的鼓胀

那女子　骑马
走在春风中的大唐

## 《金陵酒肆留别》时

金陵酒肆留别时
李白　站在诗人的位置
　和酒和柳花的香味
　　以及胡姬保持着最美的距离
那距离　能看到压酒的美妙姿势
那距离　能看到劝酒时最真实的笑意

送行的金陵弟子呵
　向江南的风景向浩浩长江起誓
干杯　亮出蓝花碗底
一切的存在　已勾勒出了诗意
诗意的韵　又飘在暖风里

问年轻的胡姬
问问漂亮的胡姬
现在　可是春日

　是东风吹柳的春日

问什么东流水
什么长长短短的情义
留下一个画面原本就是很风流的事
画面中香醇的酒
画面中豪放派的无忌
画面中聚来的一切都是为了诗
为了这金陵留别
为了这留别的金陵酒肆
为了这金陵酒肆留别中
　姿态妩媚的胡姬

喧嚣呼叫的游侠儿
走遍天涯的浪子
有酒的日子就会有诗
有诗的日子
人生　便少了沉闷多了开阔多了壮丽

只想　那胡姬总不会老吧
那胡姬　本是
　妖艳长春的妩媚小诗

# 胡乐　胡乐



走来的路上
　　胡乐是那把二胡
忧郁的琴弦上
　　沾满了疲惫的尘土
哀哀怨怨的诉说
　　满含热泪和痛苦
唱起连年的征战
　　它无法让自己更快乐更受鼓舞
大漠中的泉水边
　　它吟诵一轮水中月的孤独
在秋天衰败的野草中
　　它是寡妇
　　　　忍不住凄凄惨惨地低哭

后来的胡乐
　　是琵琶

　　携带着阳光流水和风沙
醉卧沙场时
　　它们激越得让自己有些沙哑
曼妙起舞处
　　红裙们飘起了迎风的长发
幽咽的泉水　在弦上
　　已找不到充满乡愁的家

再后来的胡乐
　　是嘹亮的歌声
　　　　表达着从西域走来时的坚强和艰辛
漫天的风沙再一次扬起
　　却扑不灭充满韧性的驼铃
血色夕阳喷出的血
　　陈述了曾经进行过的战争
(在秋天死寂的天空下
　　一朵野花　摇响了自己的风铃)

呵　胡乐胡乐
胡乐走来时　走来的不是器物
　　而是历经沧桑的人心

## 边塞诗　边塞诗

在边塞诗里
春风是坚硬的
而且　一直封冻在苦涩的河水里
雪花的飘落
绝不是来自柔曼的梨花树枝
雪花　只有挺立在月黑的弓刀上
才会体现出经久不息的气势

所有的路都坚忍不拔地延伸　（惊险崎岖）
野草　从去年的秋天
就开始被漠风吹白且翻滚遍地

那里的方向
更多的是通向瀚海通向戈壁
通向遥远的西域
战争的故事

听起来更像是记忆
将军们博取功名时
有许多无名的白骨悄悄死去

呵　天上的月亮
再一次被夜色挂起
飞奔的吐谷浑　千年
逃不出一首五言绝句
闺中的少妇凝妆远望
却望不见王昌龄写过的日子

最不忍听　边塞诗中
那一声凄绝的羌笛
笛声中　谁也拂不去
楼头下的思乡情绪

在边塞诗里啊
不忍看美人帐下歌舞后
宿进了将军骄横的梦里
不忍听那无动于衷的诵读
读丢了幽幽的哀怨和绵绵不绝的血迹

# 敦煌变文

古敦煌
是我们最年长的老翁
它的白发
长在秋天漠野的树叶中
它的脸色红润时
整个秋天　都开始泛红
它沉默寡言的时候有故事
那故事　是通俗易懂的变文

敦煌的变文
长着朴实的脸且平易近人
讲佛教的故事
能透彻地讲出
我们的前世今生
讲因缘和合时
讲出了唯一的永恒

变文把自己讲成很美的小说
小说中　情节的展开
　真实得令人触目惊心
敦煌变文
说遥远的往事
　能说出一把蒲扇和一盏油灯
说某种命运
　说出无法更改的因果报应
说喜鹊喳喳在古老的树枝上
　我们　听到了即将到来的喜讯

敦煌的变文是见过风雨的
它不魔幻　很真诚
它总是试图画一条路出来
那条路上　祸福相依
　一切唯心

敦煌的变文不是脸谱化的
它很活泼地面对人生
它自己会消化那些久远的古文
它说话很民间　很关注听故事的草根

# 呵 《唐宫乞巧图》

看牛郎织女的那场爱情
看满天珠光宝气的星星

人间的爱有时很世俗
　是权势的婚姻是金钱的婚姻
　　少了许多的两情相悦
　　　少了心心相印

还是看那牛郎织女的婚姻
分别是那么得长久呵
孤独是唯一的永恒
天河的无情却是人间的有情
(呵　那一相逢
　便使得朝朝暮暮的厮守
　　少了许多的神韵)

看星星

　在唐宫

　　在唐宫的乞巧图中

生命的存在离不开回望

回望我们的神话

回望我们用神话巧织的爱情

或许　人间的一年

　是天上一日的时辰

也许　早晨牛郎晚归后

　见到织女是在黄昏

喜鹊的叫是凡间的叫声

我们的多情会欺骗自己

　会伤感一颗真诚的心

但是要看这乞巧呵

要看那牛郎织女星

一座鹊桥的建立

　从来未脱离过人间的眼睛

没有波折的爱情太容易

　永远不会让人感动

看这乞巧图吧

三百六十五日的美丽

　美在大天的苦等

# 霓裳羽衣曲

霓裳羽衣曲
是否是唱给一件性感的红裙子
唱给那些线条
唱给一个漂亮丰满的身体

霓裳羽衣曲唱起来时
天上的云霓会凝视
看人间一出多情的梨园戏剧
人间的花也会长出耳朵和鼻子
听贵妃衣褶窸窣
嗅华清池飘来的淡淡粉脂

唐朝的风是有些偷窥癖
于红墙绿瓦间　看见
霓裳羽衣曲载不动杨家女子的娇嗔和白皙
以及微喘的肥腻

霓裳羽衣曲是病态的唯美主义
富丽轻曼总会引发一些阿谀的诗意
霓裳羽衣曲成为了全部娱乐活动的崇拜性的压轴戏
霓裳羽衣曲舞上天空时
　一切都会瞬间凝固
　凝固的表情
　凝固的窃窃私语
　凝固的一群饮食男女

霓裳羽衣曲
　惧怕的是唐诗中的某些句子
　　怕将自己与安史之乱联系在一起

霓裳羽衣曲只有最终飞成云霓时
　才能脱离与政治的关系

## 《咏柳》诗意

这是春天　诗人
　忌讳透白的词语
只说碧玉妆成一树高
　说嫩嫩的绿意
　　说神秘地躲在一旁闹春的镜子
说碧玉是把春说成了一个普通人家的女子
说女子　却又把春风
　说成了细柳那样婀娜那样高挑纤细

垂下的丝
　是春风俯向大地
(昨天的故事还不曾离去
昨天有那么多雪
有那么多让人纠结的事)
今天柳丝垂下来
　来攀我们眼中的柳

　　折我们心中的柔枝
心中的柳
　长在酥润的大地
心中的风吹起来
　绿悠悠　丝丝缕缕

呵　细细的柳叶啊
　是自己裁出了自己的裙子
为了登上春天的舞台
　在冬天　她们无数次地排演自己
　　排演眼眉排演柔媚的腰肢

呵　二月的风是剪刀
　只能剪去自己的多余
谁的红裙款款而来
谁的眸中已春水明丽
二月的春风剪裁细叶
　也只能剪出春天的轻声细语

春天把一切都绿起来时
　并不需要过多的干预
哪怕呵　是细细软软的鼓励

## 唐残字纸

不是完整
而是残破地流转
经历了时间的磕绊后
以更加高贵的气度
走到今天

或许　唐时
一些桃花风溜进窗边
在它身上随手乱翻
几滴清明时节的雨在它的皮肤上
留下了淡淡伤感
而今许多的韵味早已不在
这里　只有残破的浪漫
和气度雍容的威严

不再用于阅读

也不再负载曾经的概念
唯一令人神往的是历经风雨的残
残破的表情代表了坚强不屈的脸
残破的皮肤体现了岁月中不可避免的蹒跚
残破的留存高于传统的方正和圆满
残破中留有的故事
　更让人想起湿润的春天红色的秋天繁盛的夏天
　　和玉洁的冬天

唐朝的残字纸原可以不走到今天
但它是走来是践一种盟约
走来　是为了阅读
　一双多情的泪眼

## 开元铁牛



这铁牛　并未走进春天
(春天的原野已被一层嫩绿濡染
牛的身后是铁犁在追赶
铁犁的后边　是无数的种籽在呐喊)

这铁牛　也未走向河边
(宽阔的河面上漂来了许多的白帆
那些帆里伏藏着一个闷热的夏天
夏天无视一头铁牛的存在
　它只是摇着自己烦躁的蒲扇)

这铁牛　只能停驻在开元
　停驻在僵硬的形象里边
眼睛中没有目光
皮肤中　没有呼吸和辛勤的汗

这铁牛　只是不停地越过时间
　越过纷争和战乱
许多勤劳真实的牛死去后
　它却代表了唐朝的牛
　　代表了充满活力的喘息和流淌不止的热汗

这头开元铁牛的被造出
　或许　是造给铸铁本身
　　造给艺术的烦躁不安

## 六祖慧能



还是那样的端坐
　留下自己的肉身
真实的目光贯穿了古今
真实的神态尚有余温
真真实实的慈悲
　不曾消失哪怕是一毫一分

砍柴的岁月是示现
示现着伟大多来自于草根
　来自于艰难的努力和不息的奋进

那卷《金刚经》是从未曾合上
　未曾停止无坚不摧的吟诵
一偈印心　一偈
　应无所往而生其心

悟道的时候
　却是直接切入心性
　　切入了终极的光明
一袭袈裟的密嘱
　说给传承的耳朵听
岭南的雨追着他走
　走成了轻逸的云
经冬的草追着他走
　走成了绿色的脚印

最刻骨的
　是猎人队中的保任
　　是食肉边菜的一派淡定
不沾不著是本来所有
观照　是观照那颗真心
观照者　也是那颗真心

最后的一刻
　是预言是精粹的《坛经》
无所来亦无所去
只有庄严凝重的神情
只有目光从古佛的时代而来
　看向未来　看向更加遥远的星空

呵　六祖慧能　言下大悟
　是悟自己的本性
　　不是明净台也不是菩提树
　　　是原本具有的光明

曹溪的雨
　又飘在空中
六祖的禅
　启悟心性
六祖拈香是拈心香 —
六祖回来时
　走在我们的日常生活中

# 阳关三叠

眼泪的最绝望处啊
　情感最终的碎裂

唱一叠是唱了些茶和酒
唱二叠是唱伤情的离别
唯这三叠呵
这三叠唱起时
泉水　确实是呜咽
天空　的确是要变颜色

古琴上不敢碰触的阳关三叠
绮裙上不敢舞动的阳关三叠
西去的路上白骨累累
出阳关呵　那是一场生死离别

看渭城的那场新雨

整整飘洒了一夜
看潮湿泥土味泛上来
浸润了柳色
柳色新新时　人不入三叠
阳关三叠浸进骨髓
人的目光会醉酒一样趔趄

唱阳关　且去唱一叠
一叠是酒碗正在送别
(送别的酒　自古依依不舍)
一叠里有啾啾鸟鸣
一叠是只喝今天早晨的酒
不说黄昏与你的离别

唱阳关　也唱二叠
二叠里有泪　有情感切切
二叠里的琴声中
有闺中人难舍的凄绝
二叠是城墙上瞭望的背影
是年年的风中　面对
年年的音书已绝

最切切
莫唱阳关三叠

阳关三叠是被喝干的两只碗
永久地停留在分别的岁月
是没有期待
也没有回望的那伤神一刻

## 王翰《凉州词》诗意

一

是产自西域的葡萄吧
它的颜色是那么美
像夏天的玫瑰也像秋天金色的余晖
(微醉的夜光杯
　举起　是略带踉跄的酒杯)
让这夜光杯盛满葡萄的滋味
让葡萄饮醉这夜光杯
边塞的战场已很不理智
呵　葡萄美酒夜光杯

二

谁的琵琶在马上催
　或者琵琶被马上的人催

这里有未饮完的葡萄酒
这里有透亮的夜光杯
一首边塞的诗只饮了一口
呵　哪里来的马上催
马上催是催那绿色的葡萄绛色的葡萄酒的韵味
　是催那琵琶的弦危
　　还是　催那驰名的夜光杯

## 三

醉卧沙场那是谁的醉
严酷的战场拒绝风流拒绝芬芳的葡萄美
追跑了大单于却被小单于撵着追
边塞诗是诗人的虚构是在遥远地方的自我安慰
醉卧沙场并不存在谁笑谁
那是一诗笔豪放派的陶醉
活着走回来的人没有葡萄酒也没有夜光杯
有的　只是庆幸和疲惫

## 四

呵　古来征战无人回
在拓边的时空中
　出征的　是豪迈的将士雄伟

　　留下的　是白骨累累

可打可不打的仗

　总让人不能和平地入睡

边警一次次点亮了烽火燧

呵　葡萄酒可以梦中饮

　还可以饮夜光杯

　　再饮急迫的马上催

## 敷陈王昌龄《秦时明月汉时关》

拿来秦时的月亮
　把它直接挂在天边
　　让它照彻河山

秦时的月亮有些冰寒
没有征衣的日子它很孤单
秦时的月亮不代表时间
拿它来　是边塞诗的豪壮与方便
拿它来是有些硬朗的气势
拿它来不会让人感觉到绵软

汉时的关隘叫汉时关
在秦时的明月下不能更多地气冲霄汉
目送拓边的马队出关而去
汉时的关口很坚挺
　可以一往无前

万里征程人未还呵
失去的李将军确实未还
一生的拼杀不得封侯
（不是不能打胜仗
是不在一个利益集团）
李将军被好心地留在了《史记》
他的马在飞奔
马蹄下　是不羁的匈奴草原

呵　龙城飞将不在阴山
阴山的胡马飞奔在天边
一箭鸣响是太史公的长叹
胡马度阴山　胡马呵
　纵情歌唱
　　然后　直奔长安

## 石榴裙呵石榴裙

石榴裙呵石榴裙
　在唐代女人的身上是那样风情万种
青春与风景波光一样闪动
那些线条们窸窣起来时
　我们摸到了夏夜的凉风

健康爽朗的笑带着大唐的气势无拘无束地滚动
女人的丰腴是石榴的映衬或者是石榴本身
石榴的成熟与气息从体内漾出
呵　美丽的石榴裙
石榴裙中美丽的大唐女人

石榴是带露的
　摇动在带露的早晨
石榴们也是高傲的
　无视跪倒在裙下势力的人

石榴裙只管美丽地喧笑
　笑得石榴闪光笑得石榴滚滚

这是来自南国的石榴
　在北方的长裙上找到自己的家门
好大的石榴在江南细雨中
　呻吟　呻吟出了柔润的风
七月的石榴裙从长安飘起
　吸引了天下人的眼神
喝完阳关酒的人
夜深不寐的守边人
苦苦吟诵着边塞诗的人呵
　都有难以解释的相思梦
谁的梦中没有长安的石榴裙
谁又能在石榴裙前
　按捺住自己酒一样火热的深情

## 在刘方平的《夜月》中

更已深
更深　是深在灯火稀疏的深层
月亮呵有些磨磨蹭蹭
(刚刚在一半的人家上
　洒下自己的光明)

我们　都是走进夜月中
　走进唧唧的虫声
春天的夜色里一切都那样软侬
(包括我们探春的身影)

只有唐人刘方平的眼睛最是异样深情
　看北斗阑干南斗斜
　　看到了旖旎的春梦
(不是偏偏呵是恰恰
恰恰是在今夜的暖气中

  有太多的感受和多情）

多情多出的眼睛可以看
看虫声透过千家万户的窗户暖暖地弄春

春天的夜月
  照着春天的人
春天的人看月
  看出月中的诗
    诗中无法言说的深韵

春天的月夜中
刘方平是唐人
唐人属诗
唐人看月亮
  能看出新透窗纱的虫声

## 在高昌古城遗址前

只想月亮　月亮
　偏在节日里那么亮那么圆
(故乡的节日叫重阳节叫中秋
　或者干脆叫春天)

高昌城上月亮圆圆的时候
高昌更像千里之外的边关
旷野以更大的粗俗野蛮扑到城下扑到人们眼前
高昌城墙是紧锁的眉头
久久地　已经无法舒展

在高昌城的那个月夜
　看中秋　看天上的月圆
破碎的日子已找不到缝补自己的线
音书　飞雁　蓝天
举目望去的都是一些碎片

完整留下的只有眼泪
　是眼泪一串又一串

高昌城上看重阳
看不见菊花黄色的酒杯和茱萸的深深浅浅
只能猜来时的路已被黄沙扑没
　什么也看不见
只能回忆中原的人群稠密赶集的热闹场面
这高昌古城是不过重阳的
不记得　重阳节是在伤感的秋天

呵　在高昌古城遗址上想春天
　想花的稀薄与烈艳
　　想高天上柔柔的云
　　　想一阵阵令人生怯的春寒

慢慢地　守高昌的人成了遗址
　成了些记忆模糊的脸

## 骑马者壁画

他骑着马
马骑着壁画
而壁画　则骑着善意的扭曲和夸大
那些夸大则没有什么可骑的
　因为　风　早已离开了家

骑马
在一幅壁画上骑马
广大的草原回到了阴山脚下
赞美草的民歌掩不住秋高的马
马惊了
　会跑进写意的壁画

天空中的雨水
　在壁画外下着
　　淋不着壁画和人和马

也淋不着那些夸大

一幅壁画被创作出来后
　就已经野性地幽默化
放开雪白的四蹄
　跑出一路芬芳的花
哪怕是把眼神跑飞溅了
　也不愿意放弃自己的长鬃如发

一幅画　骑着马
一匹马　骑着人的潇洒
飞舞的马鞭是被跑丢了
固执的缰绳　也被跑丢了

一个人
　从不控制一匹奔跑的马
一匹马
　无法践踏充满寓意的好画
一幅好壁图
　从不遮掩美丽元素的渲染和夸大

## 一行测天

须等到溪水倒流的那一刻
大地上　出现了一行和尚慈悲的双眼
那双眼睛看过去　测天
　测出世上最准确的子午线

一行和尚的双眼看春
看到春天的牛和犁
　在人的牵引下按照时令
　　勤劳地种田
看到绿色先是从池塘边
　然后是田埂上
　　最终遍满郊原
春天的雨水如期而至
　纱一样飘向人间

一行和尚的双眼

看天　在夏天的夜晚
看到了星光的亮度中更多的内涵
看到了银河　其实
是更遥远的时间
看到一颗星辰坠落后
知道那种逝去　早于我们的眼睛
早于几十万年前

一行和尚看秋天
是看到了因果的相连
看到了春天的耕耘在众缘的催促下
结籽成熟并获得圆满
一行和尚也是会沉醉的
秋天红色中的那种红
让他感到了心灵的甜蜜与悠然

到了冬天
一行和尚是星辰
在天空坐禅
悠长的时间中他闭关
关注心性
关注季节交接时
那场雪　覆盖了时间

一行和尚一直在测天
他知道天下的人们
　需要阳光的温暖
　需要雨水的丰沛
　需要空气的新鲜
一行和尚不愿自己走在传说里
　以真实的袈裟真实的汗
　　真实的竹笠　走到人们面前

一行和尚　在测天

## 韩干的马

韩干的马跑起来
绿草都很虚幻
草失去了依托
　找不到春天的草原

韩干的马生动地奔赴在画面
　让缰绳们很难堪
（缰绳们的天性是控制
　它们喜欢羁绊）

韩干的马跑起来
　是每一根毛发都跑出汗
（在唐朝出汗
　出有汗渍的唐朝时间）

韩干的马骨里骚动着血液

（充满力度地骚动不安）
韩干的马是摆造型的
　或嘶鸣或飞鬃
　　或昂首云天

韩干画马
　能在马上让颜料很兴奋很有质感
他的画笔　会像马一样叫喊

韩干画马是抒情的
有抒情的大地
也有激情的长天
每一抹色彩都不平俗
都是情绪化的
都是有一些歌唱般的语言

韩干画马　马
　是整个世界的符号和概念
　　是在马蹄的曲线上能看到冬天
　　　是在每一根贲张的脉络上
　　　　都能看到生命的舒展

# 走进常建《题破山寺后禅院》

那是不好走进的　要进
　是要走进古寺的清晨
（清晨已不是时间的概念
　是一种雾的淡淡浓浓）
走进刚刚升起的太阳
　（那抹婴儿般的红）
还要走进树林的密度和高度
　走进每一片树叶酿出的风
　　然后　才能走进它禅意的意境

竹径　通往幽处
　却通不到一扇进入的门
花的世界也要我们好走
否则　便入不了暖暖的香馨
花木的深处绝不是温柔的陷阱
那里没有跌落

　没有疼痛的呻吟
那里是难以达到的幽玄
或许　那里呼吸着一颗心

最难的是走进禅
禅　不在心外不在心中
禅是那些鸟
　是可感而不可触摸的山光悦鸟性
　　是自觉着的清醒

好在　潭影是空的
顺便　空了一些人心
安静的早晨是早晨本身
钟是外来客
钟　属于钟声

那是不好走进的
不好走进一种空灵
不好走进那寂静
那里是不该打扰的世界
那里　只容得下一首诗
　徘徊的沉吟

# 《史通》《史通》

《史通》是理直气壮的
仿佛是理直气壮的唐人
《史通》反对曲笔书写的历史
讨厌躲躲闪闪慢慢吞吞
《史通》敬佩太史司马的文采和胆识
《史通》不喜欢历史过多的颂歌声

阅读过历史的《史通》腹中饱满
发现历史记载中民间精神越来越少
更多的是金碧辉煌的皇宫
《史通》的评点就事而论
《史通》面对史书发出了许多严厉的考问

《史通》其实是同情李广的
同情多战而不封侯的李将军
战国记述的生动和百家争鸣

让它读一部好小说

读到了塑造中国人的精神

《史通》沉醉于那些生动的画面厌恶沉闷

厌恶笏板遮掩的一本正经

《史通》不愿意看到过多的血

但它愿意在战争的描述中剖析战争带来的恶果和起因

《史通》是旁若无人的

《史通》在纪传体前对人物形象的赞叹很由衷

《史通》在编年体前的肯定也发自内心

《史通》承认墨写的历史免不了夸大和水分

《史通》认为向真实靠拢的路上就已经接近了真实本身

《史通》在历史中一会赞叹　一会儿郁闷

《史通》知道自己的职责是归类是挑剔是不给谁满分

《史通》的眼光很苛责很深沉

它流泪的眼睛看到了　一些历史著作

已经失去了良知　失去了独立的精神

## 吴道子



画鬼画神的笔画人间会画出线条的潇洒
　会画出一些神态强烈地想和人对话

色彩的张扬与内敛
目光的写实与夸大
吴道子画画
江河流水哗哗
风吹稻花　吹来遍地飒飒

画佛画菩萨
一幅维摩诘已经世人化
(那菩萨是我们最可敬的老人
天天　都在一卷经文中和我们说话)

线条在吴道子手中是龙蛇是莼菜笔画
不羁的吴道子有不羁的表达

衣褶间有剑法
笑音中有书法
纵是那目光吧
目光中　有那么多的雷电叱咤

吴道子画画画活了唐朝的墙壁
唐朝的墙壁长成了壁画
画活了仕女后
　有着肥大胸脯的仕女向民间性感地出嫁

吴道子画画画着了一片晚霞
那晚霞是一句召唤召唤他画秋天的庄稼
画完最后一抹红高粱吴道子成了风
残留的画　是一阵风的尾巴

## 出现了颂圣帖

这样的出现　是因为瞄准了一张脸
读懂了脸上的表情揣摸出了某种心愿

柔媚的语言仰望般的进献
呈上需要的赞叹
让一双眼睛笑起来
　从中　获得些些甘甜

迟早是要有颂圣帖的
　只要有圣上　有专断
　　有那种不可更改的杀伐权
呈一帖颂圣是顺理成章的事
心花怒放是颂扬出来的
龙颜大悦那也是听到了开心的劝谏
颂圣是最不折本的买卖
只要忽视自己自尊的脸

颂圣有一本万利的回报
（颂圣的投入是媚骨是无视道德的没心没肝）
颂圣可以获得绝对安全
颂圣颂得平步青云后
　多磕头少说话不干事做稳官

颂圣　只这一帖
（这一帖　却充满玄关）

谁能阻挡得了颂圣帖的出现
皇帝已被直臣们弄得很心烦
贞观之治和开元盛世是要一直都很正确并且不能
　偏听胡言
一帖颂圣让皇上感到伟大
　情绪缓解　心灵舒展

颂圣帖颂到吾皇万岁
　皇帝临终时　绝望的双眼
　　疑惑而无法释然

## 开元盛世

开元盛世是一幅图景
　是农耕画面的和平宁静

牛在前面走着
　然后　是铁犁的沉稳
夏天做了迅速的镜头切换
随风起伏的是绿是虫儿唱在草丛
傍晚的炊烟升起来
一些灯　点亮了瞌睡的家门

开元盛世是一阵歌声
歌声从乐坊升起
有笛子琵琶还有胡琴
飘动的歌裙红绿相间
酒杯已在夜深的时候醉了
　醉得诗意醺醺

大型的踏歌是华美的压轴戏
柔曼的衣袖随腰肢甩出
　甩出池塘中无数的水袖声

开元盛世爽朗而警明的笑是开阔的心胸
　让江河湖海的帆满载强劲而饱满的风
　　以大唐的气势出征并兼收包容

开元盛世是在复杂多变的惊险中并不影响情节的
　展开和富裕的来临
让诗歌敞开胸怀朗吟
让务实的宰相尽可能多地发挥才能
也让书法家们在翰墨中表现他们的洒脱和灵魂

开元盛世　包括武则天的
　玩权与大胆使用能臣

开元盛世　也不忌讳华清池里泡着白腻的杨贵妃
　旁边　站着色情而深情的唐玄宗

开元盛世粮囤里的米流出了油脂
开元盛世将军拓边建立了功勋
开元盛世的画家画出了那个时代的精神
开元盛世时　一条小渔船　晚归

抛弃缆绳　把自己泊进了芦花风

呵　开元盛世的尾声是安禄山睁开了伪装的眼睛
开元盛世的突然终止是霓裳舞被渔阳鼙鼓惊呆
凝固在慌乱的天空中

## 安禄山的面具

用所有的奸猾诈诱和媚笑打造堆积
安禄山的面具　有伪装的憨厚和愚痴

在长安的时候
　安禄山很傻　傻得像一件玩具
胡旋舞上旋转
酒杯中放逸
在半遮半掩的色情中嬉戏

肥胖的躯体
　让人想到一堆肉滚动在皇宫里
草原般的彪悍　被他藏在深深的草原里

安禄山的面具是安禄山自己
不需要附加也不需要剥离
叫一个年轻贵妃为娘时

他是真诚的长胡子的儿子
安禄山的面具可以摧毁一切
包括皇权专制戒备极深的心理
安禄山的面具无须表演狡诈
那狡诈　早已根深蒂固地长在心里

安禄山举起叛乱的大旗
依然是憨傻的面具
渔阳的喊杀声被面具所诱骗
杀过来　没有半点迟疑
安禄山的面具嬉笑憨骂都具有着威力
那是脸谱的鼻祖是直接灌输给观众的定义

安禄山杀向大唐皇宫时
脸上　还是叩见玄宗的面具

# 安史之乱

最巧妙的谀笑撕去后
　露出了反叛的剑
数十万铁骑冲杀而来
霓裳羽衣曲在空中碎散
唐玄宗的梨园　戏剧脸谱惊恐
贵妃的肥白在华清池的雾气中倏然瘫痪

呵　这是开元盛世的尾声
大地　杀声震天
宫廷中还残留着奸相的口蜜腹剑
渔阳大地上马刀闪亮
　疯狂地　来上演这安史之乱

松懈的关隘不攻自破
瞌睡的刀矛弓箭
　顺风　倒向反叛的一边

锦绣江山原来是一幅画
一剑刺穿后是战争燃起的浓烟是随处可见的人群流离
　是饥饿的孩子死在了大道两边

马蹄的盘旋载着胡儿狞笑的脸
无视这民间沦落
无视这人间灾难
只看那权势的椅子谁将来坐
只问　谁来主宰江山

看古城的陷落
看旗帜被风撕烂
百年的和平　转瞬间烟消云散
广阔的中国大地是棋盘
一局厮杀速急展开
杀声弥漫
血　也在弥漫

哈哈　还记得吗
胡旋舞让整个皇宫喝彩的安禄山
还记得吗　喊贵妃为娘时扭捏作态的老男人安禄山
还记得面见圣上时乔装的笨拙
还记得扮小痴儿爬出襁褓的傻相正憨

安禄山是北方草原上的草
安禄山是草原上野草的强悍
安禄山是睁着眼睛睡觉的马刀
安禄山是装醉可以蒙骗一切的酒碗

安禄山起身上马　带来了无尽的灾难
冲出渔阳践踏幽燕
安禄山要将盛唐的历史无情腰斩
安禄山不再使用过多的狡诈
安禄山只用无情的刀　进行清算

## 诗圣杜甫

在石壕村里
　怒视一场有吏夜捉人
　　并且替老百姓发声
这叫诗圣

在自己的茅屋为秋风掀翻时
　想起了更多贫穷的屋顶
大声地呼吁大庇天下寒士尽开颜
这叫诗圣

在最壮观的车辚辚马萧萧中
　看到了最伤痛的送行
　　并且谴责无谓的战争
这叫诗圣

在最落魄的时候

依旧为国事伤神

并留下了深深的泪痕

这叫诗圣

诗圣杜甫望岳　一览众山小时

昂立在大山的绝顶

诗圣杜甫冷眼静观丽人行

在体态丰满和妖媚中

看到了更多的贫穷

诗圣杜甫在悲伤的笔下

用长长的篇幅

表达百姓的呻吟

诗圣杜甫哀江头

不失一个诗人的怜悯

诗圣杜甫走进蜀相祠堂

不看风景

只看到鞠躬尽瘁的忠诚

诗圣的每一个字中

都有着关注苍生的眼神

诗圣在漫长的一生中

用诗　承载苦难

代表民间卑微的角落和底层

## 《三吏》与《三别》



只有诗歌里的那颗心
　才能感受这种悲痛才能感受白发上的雪泪水中的
　　艰辛和即将失去生命时的挣扎和呻吟

同一个时空下的不同场景
抢夺的绳索
驱使的棒棍
告别的手
在最绝望时　伸手
　却抓不住邈远的天空
生命的价值已归零
活着　只为了活着本身

连年的征战造就了草一样卑微的人酿就了诗歌的
　历史感和诗人大无畏的温情
《三别》是挥起同一样伤情的手

《三吏》是面对着同一样的无奈无情

只有诗人的这颗心可以佐证
佐证所有的白骨在死去前都有着浓浓的亲情
佐证战争吞噬了一切后那些遵命的新安吏石壕吏
并不会放过一息尚存的老妇老翁

诗歌的声音是这样微弱呵
《三吏》后又有更多的恶吏再一次粗暴地捶击百姓
破败的家门
《三别》后　更多的生死离别又要摧毁多少善良而
柔弱的心

呵　《三吏》与《三别》呵
是诗人一次又一次地读着自己多愁善感的心

# 天宝二重奏



一

滴漏　以沉重的节奏敲打着深沉的夜色
烛光的舌头舔舐着房间的每个角落
六宫粉黛
　醒着和睡着的
　　做着春梦和未来得及做春梦的
　　　都因为一个冷酷而多情的忽略而成为凡俗的角色

进入高峰期的唐诗和音乐消耗了大量的喝彩后
　便归于了全部的寂默
宇宙的声音玄而又玄
隐隐传来星星履霜的悲歌

御宇多年
竟无有一种风韵抚慰得了天子的魂魄

花草繁茂的土地何以却生不出如花似玉何以绽不开
　一朵带露芙蓉的颜色

匆匆寻觅的眼神今晚将在何处安歇
浓腻的脂粉味中有三分忧伤七分冷漠
龙的图案已在帷幕上阳痿
倦怠的玉如意展现不出雄性的蓬勃
长夜为何如此难耐
无数的红巾翠袖偏偏揾不住这灵魂的萧瑟

二

她恰是他的期待
她是他的呻吟是他情致所系的痒痒肉
她是他全部的失眠症
她有着第一流的眉毛第一流的巧笑第一流的腰肢和胸脯
　第一流的娇嗔和气韵
她养在深闺人未识
肥胖而性感的躯体注定要使天宝年间平添一段风流
　几分悲情

她属于古老的铜镜
她属于花面交相映的意境
她自信春天是按照自己的模样怒放的

她明了流云停驻在她窗前的根本
但她不知道大唐天子正被情欲折磨着于长夜中
　辗转到天明
它不知道残酷的绳索已经张开了预谋要毁灭她
　全部的风情

她只是笑着　陶醉在自己的美丽中
她的青春圆润而娇嫩
三三两两的诗书总被她随手丢弃在一边
她以女性的朦胧感觉着肉体的力量并相信这种力量
　足以摧毁全部的理性
她相信门前小河的奔腾以及花影的招展绝对来源于
　一种器官的成熟和本能
她只是静静等待
她耻于主动
她早已用媚眼抛出了一条路
她料到遥远的春山总是挡不住消息的　喜讯会推开她
　的家门
纷至沓来的喧闹声将会使自己的命运辉煌起来且冉冉
　升腾
她精心保护着自己通红的嘴唇
她深谙　那里将有一个响亮的吻像雷一样响起
　声震长空

三

终于　踩着一道敕令
她翩翩地步入皇宫　她是自己的阳光
她得意于君王的全部威严被自己的红指甲顷刻粉碎
一个皇帝　已开始恍惚彷徨
她只是回过头淡淡地一笑
天下其他的女性便全部消失了　成为夕阳
一双至尊的眼睛
　被她肥硕的大腿
　　彻底堵塞　游离迷茫
接着
是轰轰烈烈的帐摆流苏
是惊天动地的被翻红娘
接着
是
从此君王不——早——朝
君王困了
君王乏了
君王把全部的男性作为骰子昼夜间尽情抛掷一光
哪里去管身外的天下
哪里去管天下的民情和草根的希望
让太阳越过画阁的朱脊吧
让大臣们在大殿外候过后晌

在温香暖玉的侍奉下
只要体内的血再度年轻并且美丽得疯狂
朝政荒芜一点点又怎样
江山无人料理又怎样
朕是君王呵
是喜则天下遍享龙恩的君王
是怒则伏尸百万的君王
朕来源于祖宗对后宫的一次伟大临幸
朕的高贵即在于可以随心所欲肆无忌惮地进行张扬
让一个女人充分地沐浴恩泽
一切又将何妨呢
一切　又将何妨

四

轻轻滑下水
她像一条美人鱼
　以羊脂玉般的凝脂
　　倾覆了文人们苦心经营的比喻
均匀的骨肉
　和温柔的水雾
　　孕育了系列绮靡的故事

于是

春寒破碎了
来自女人的体温渲染了皇家的笑意
慵懒开始成为一种风度
倦怠　变成了定性的美丽

有哪只手能扶起那委地的淫荡呢
赤裸裸的展开和无忌
全方位的横陈不再需要任何的预备和设计
飘飞的裙带和轩昂的爵位往往都源于那种快感后的随意
微微颤抖的线条　肆无忌惮的云鬓　醉兀兀的红脚趾
　足以使普天下的注意力和每个父母的生殖欲
　　都向一个方向转移

一切都变得疯狂起来了
酒液疯狂　疯狂的还有远处奔驰过来运送荔枝的马蹄
单单苦了孤独的万水千山和黎民百姓的泪眼
　在美人的腰肢下痛苦喘息
苦了愚钝的谏言在细碎的舞步下弃掷如泥

**五**

而今　丝竹管弦都服从于贵妃的舞姿
而今　华丽的词牌都向着娇娃竖起
霓裳飘荡占尽了后宫风月

羽衣翩跹牵动着红尘心事
斜插芙蓉醉倒在瑶台乃是千古的风流
倚天拔剑雄睨沧海做了万世的气势
于是乎
大姨的素面即可朝天
国舅的专横亦能断雄雌
贤与不贤取决于一种歌颂的能力
德和非德尽在于能否博得美人的欢喜
广大的天下为一张龙床所代替
只有两具无厌的肉体保持着相对的吸引力
管他蝗虫四起
管他江河决堤
天子御女是顺理成章马虎不得的大事
只要讨得龙心大悦
什么问题　都将不是问题

六

在月亮还穿着神话的外套时
他和她正好在古老的七夕对月盟誓

日渐消损的肾功能和疲惫的腰肢
　已经嘲笑了火烧火燎的情欲

执手相视呵

今夕何夕

两张发光的脸　已做不了来生的谜底

行行复行行

止止又止止

心手相连　徘徊再三

痛苦的是　一切都会化成云烟　一切都会随风而去

连记忆也仅仅标志着曾有一种短暂的产生和忘记

只是长久的遗忘　才坚守着自己的固执

且近身

相拥入怀吧

心弦的颤动才是对孤单的慰藉

吻

　是片刻的现实

七

秋风肆虐的时辰

黄叶落满唐宫的前庭后庭

多情的君王为贵妃拢紧衾被挡住了丝丝寒意却没有

　挡住渔阳鼙鼓自天边滚滚而来掀起铺天盖地的烟尘

翠盖为之倾斜

宫阙为之摇动

《霓裳曲》凝固于半空
《破阵舞》乱了方寸
遍地踌躇的是惊恐的脚印
寻寻觅觅后复将何寻
眼前只剩下　一个丢失了彩霞的黎明
抛下长安城爷娘妻子的哭声
拖着大唐盛世的尾声　一个王朝仓皇逃遁

而中途不发的六军和无数双仇恨的眼睛
　却执意地在马嵬坡前编织出一根绞索的全部内容

旌旗敛影
飞鸟绝迹　晨风匿踪
美丽在这里再一次成为罪过
花容　将被冷酷地祭焚

哭有何用
哀求有何用
在充满诱惑的权力面前
　爱情　贫贱得不值半文
誓言只是在发誓的时候才令人感动
眼泪　也会随时随地充满新的内蕴
眉如春山是何时的事情
腰似杨柳又是哪一年的梦境

而今　需要的是武士的忠诚和刀剑的顺应
且借艳若桃花借明眸皓齿借一片香魂
　来启动御林军护驾的足音
吐诉过衷肠的金口照样能吐一条绳索大张旗鼓地
　勒杀一个无关紧要的哭诉声

谁叫你长得漂亮
谁叫你灿若星辰
被霸占和被抛弃同样都是你难逃的命运
丢下你的绣花鞋
丢下你的钗头凤
万里征程君去也
君为你准备了一段传闻和一抹经久不衰的历史泪痕
一为安慰你的芳魂
二　也可以说服多事的后人

八

是《雨霖铃》　还是《雨淋铃》
文字的游戏并没有惊扰寒风

远山沉默
栈道沉默
空谷中天子的脚步失去了往日的雄风

肉的疼痛和灵魂的苏醒逼使他痛苦地忆念着
　她早已消逝的面容
如兰的体嗅　柔腻的温存
　以不可阻遏的冲击在他的血液中翻腾
温润若玉肥肥胖胖地令有关传说膨胀起来的那个
　肉感的女人
没有了她朕会感冒朕会失眠朕会头晕朕会在孤寂的
　日子里无端地抽风

日色昏昏
夜色昏昏
单调的车辙声在山道间碎成粉尘
群山保持着稳定的沉默
　不愿为苍老的呼唤发出任何回音
连高高的飞鸟也停止了啸鸣
目睹了人间的残酷后
　它们对人的无情和多情同样感到震惊

九

垂死的眼神
　正随着落日的余晖慢慢流逝
融合着花香的夜色慈厚而迷离

在肉体和灵魂的缝隙间

溢出了唏嘘和回忆

星光在天空中游荡着慢慢稀释

蛙声缥缈得几近于童话

好风　缠绕在树枝

不问三百年前彼此在何处

只说三百年后

两情　还要寻觅

爹的骨　娘的肉

爹娘岂生得出这万般情致

此时此刻　情之外的一切端的是多余

端的是多余

纵是这九五至尊

千秋百世

却无法让世间再显现出那张曾经生动过的

女人的脸和深深情意

太液池水里也不曾浮现出曾令人拂不去的盟誓

年复一年的旧梦后

梦境和现实早已混为一体

七月七是被彻底地望老了　成垂死的七月七

愁闷的秋雨将多少梧桐叶滴成了长生殿前的砖石

誓言　被从废墟中捡回

絮絮叨叨地念了又念但却念不出莺声呖语

娇喘色情的亲昵
平添了的　是苍凉悲叹白发呓语

他知道自己体内的血已冰凉到了极致
他害怕一阵秋风把自己彻底抽干变成枯杖
他努力出了天宝年间的那种笑认真地苟延残喘
认真地拒绝死
他脸上的皱纹开始变成刀吱吱有声地剥蚀着枯槁的
容颜和徒劳的努力
另一个世界是什么样子呢
是不是还有水温适宜的华清池
是不是还有让自己发狂的眉须
是不是还有帝王家的那种派头
是不是还有一个星光灿烂的七月七

他的皮肉开始委地
他的头骨开始腐烂
但他的意识却不愿意死去
他愿意在现实中做梦
梦想着那个漂亮的女人　用体温再一次温暖自己

他腐烂成泥土后
她却出落成一首优美的长诗
步着和谐的韵脚开始复原并且更加美丽

她已找不到回家的路

只是提着她的绣花鞋躲着狗一样紧追不舍的绳子

被满天的星星簇拥着

在银河中幽幽地采莲　唱着那支出嫁前唱红了

桃花的民歌小曲

1988 年 10 月初稿

2005 年 4 月二稿

2014 年 5 月三稿

2014 年 10 月四稿

2014 年 11 月五稿

## 雨淋铃

雨　蜀地的雨
　在群山中
　　敲打着铃声

铃声是木讷的
、根本无法代替女人丰腴的笑声
女人的温存充满了永久性
(是温泉中娇弱的肥腻
　是回头一笑百媚生)

一滴滴的雨
一串串孤寂的铃
马嵬坡的绳索依旧在恐惧地摆动
死去的眼睛还是那么成熟那么楚楚动人
辉煌绚烂的日子已是一个难以追寻的梦
现在是英雄失势是英雄已失去了心爱的女人

是女人死后昔日的誓言在心头翻滚

呵　雨淋铃

雨霖铃

可以抛弃一切

却抛不下这柔柔的未了情抛不下留在皇宫中的回忆

抛不下雨中的伤神

可以把世界留给任何人

但愿能活过来一个被绞杀的女人

她的无辜造成了她有罪

她在全部的美丽崩溃后

留下了揪心的伤痛

雨淋铃呵

每一次敲击声都撼动着灵魂

爱的结局　却是无奈地

杀掉了最宠爱的人

那双眼睛的求助与渴望呵

从暗夜　闪现到天明

## 灵武的那次登基

已经没有了强势的大唐之风
灵武的那次登基
　李亨　无法松弛自己的神经

北方的马蹄滚滚而来
　喧嚣在每一片树叶中
勤王的军旗像是喝多了酒
　几分疲惫　几分惺忪

巴蜀的路途中正是微雨淋铃
贵妃的尸体死过后
　马嵬坡　更加沉闷
　　已激不起更多的爱国热情
西部的夜色掩不住野狗的叫声
大唐已不是歌舞升平
大唐已无法再昂起激越的诗魂

大唐是这军用地图的焦灼是简易沙盘的千疮百孔

灵武的那次登基
　权势再一次悄悄聚拢
利益集团们护卫的剑已经别有用心
(灵武不再是河边默默的小城
龙旗的飘扬使它短暂地享有了帝都之名)

灵武的那次登基　肃宗
　并不比桌上的粗茶碗更加平静
(平静的笑是佯装
　掩饰内心的惊恐)
一把龙椅的丢失会引起多少英雄的眼红
纵是天下一统后可还看得见昔日的大唐雄风可还听
　得到教坊间那一片红裙绿舞的琵琶声音

灵武登基的时辰
　肃宗觉得自己像盏很昏黄的油灯
　　孤独得能听到身上爆出的灯花声

## 李　泌



做宰相不难
最难的是做自己
　做一个敢于坚持
　　迎风而立的李泌

灵武的小城中　白袍
　飘动在西部的晚风里
不食人间烟火的笑
　却深深耸立在现实
现实中碎裂的大地
　让他的悲悯悠然而起
平乱的筹策　在谈笑间
　也在沙盘中清晰而有条理

常怀念山中的岁月呵
　怀念天上白白的云絮

怀念风吹过山谷时
　吹来桂花开放的消息
怀念自己的形象在传说中
　没有分别心地吃一块残梨

一生的积蓄是正直
正直地谏言
正直地表明心意
哪怕被排挤
　依然正直地走向民间
　　正直地倾听百姓的心事

最后的动作很优美
　是自己给自己制作了故事
　　是在一卷《易》中坦然睡觉
　　　是悠然地避谷不服食
　　　　是白发随风
　　　　　半人半仙地悄悄离去

离去的李泌
　还在想灵武的往事
那时　绿风很晚很晚才爬上沙枣树枝
那时　他下一盘指挥若定的棋
那局棋上　皇帝

　是比较听话的棋子
那局棋儿
　他的目光很文化很富于哲理
那时摆布好了天下的大势　他才开始
　下自己人生那局一阴一阳的棋

## 在杜甫的《春望》中张望

望见　诗人的心很干净
　没有附着半粒微尘
破碎的土地在反叛的马蹄下痛苦地呻吟
心忧天下的心在流血
　坚定地企盼着山河的完整
　　企盼百姓柔弱的血不再充满更多的伤痛

忧是真忧
　不掺入些许的做作和虚假成分
痛是真痛呵　痛彻在心
　痛到情极处
　　是白发下的老泪纵横

春天的深处　是鸟一如既往的鸣叫声
春天的深处　是草木的生命力造成了反差带来伤情
春深的时候会想多

　想回家的路程
　　想鬓丝斑白的乡音

不是花溅泪呵
　是人流泪流到最动情
敏感于物候的变迁季节的变化
　感时的　是诗人的心
而鸟飞起时　也会惊悸多愁善感的心
那心惊着　一直　惊到入夜的梦中

在《春望》中张望
望见烽火日日燃起在艰难岁月中
连连的战争连连的忧民
渴望的家书在哪里呵
(平安的消息抵得上千金万金)

在《春望》中张望
望见　稀疏的头发把一把簪子掉在地上
　掉出一种金属的哭声

# 那夜　李白在《静夜思》

真的不是在写诗
那夜　李白有一些难解的思绪
那夜是秋天
远处的钟声　如水
　已将他浸湿

那夜他想家
家却远得像一个故事
那夜的月光浓稠浓稠的
　悄悄洒了一地
他抓起月光抱在怀里
　那夜月光很凉
　　像他的泪滴

那夜　霜
　是先从他的心中下起

下了些红枫叶
　也下了些强烈的秋意
霜把月光覆盖了后
　诱骗了一个诗人的审美感和视力

那夜李白的头是从思乡的梦中抬起
抬起的　还有揩抹不尽的泪滴
那夜的月亮很消极
　无言　只顾想自己冰冷的心事

那夜的家乡
　就是小桥流水的事
　是三月春蚕蠕动的事
　是八月蝉叫不息的事
　是不曾离乡的乡情
　　在路的那头
　　　看一个男人信心满满地闯天下的事

那夜　隐瞒了真相的李白
　只说了月光满地
　　却不曾说出一个男人天涯路上历经艰辛的心事

## 颜真卿

那不是书法
书法在端庄而充满生机的《大唐千福寺多宝塔》
忠烈之臣的脸在屈辱地缚绑下向叛乱者痛骂
骂野心骂流尽万人血只为一人富贵和奢华
骂以暴易暴的手段摧毁了多少和平温暖的家

那不是书法
书法在《东方朔画赞》中在那些清俊秀雅
实干能臣的肝胆在冰冷的水中筑起一条抗洪引水的堤坝
(这堤坝呵护了贫穷者最卑微的日子
这堤坝上绿色的草在秋天露白时
　摆荡着　说颜平原爱民的佳话)

这不是书法
书法在《颜勤礼碑》是温润的挺拔
这是维护统一的眼睛在乱世之下

聚合人心　守城　阻挡叛乱和屠杀
这双眼睛已不再惧怕
　不怕恶意的打击不怕别有用心的谋杀

这不是书法呵
书法在《颜家庙碑》里在瘦削却不失英姿勃发
贫穷的少年蘸着泥水写书法
　却写下了贫寒中长出的骨头气质中的不屈和担当天下

呵　这不是书法
书法在《争坐位帖》在《祭侄文稿》在天下第二行书的潇洒
这是贫贱汉子富贵后秉承《颜氏家训》祖宗的话
　表现出一个大丈夫的有一是一有二是二

这却又是书法呵
　是人格的美和气质在书法中开出了壮美的花
艺术灵魂中的颜鲁公　握笔
　挥洒那些笔笔画画
庙堂与民间中的颜鲁公呵
　以己为笔　天地叱咤

## 在岑参《逢入京使》的路上

在那路上　发现
　边塞诗并不是一味地豪放
它的柔情中有更多的悲怆
泪眼中的漠漠黄沙漫上来
　会把很多的心灵烙伤

看见岑参在《逢入京使》的路上
看见渴望建功立业的目光
　正多情地向故园回望
故园东望路漫漫呵
乡路　回时
　比来时更崎岖更苍茫

怎么能不泪眼相望呢
双袖龙钟泪不干
　是边塞的暗夜太长是胡天八月的雪来得太匆忙

是心中故乡的挺立倔强得超乎想象

马上相逢无纸笔
只有理解的笑依旧悲壮
边塞的风太野几乎要把人的激情吹光
毛发日渐稀少算不得什么
怕的是　黯淡了双眼的目光
那目光是留着望乡的呵
只有那目光中的火
　才能把未来的日子照亮

在岑参《逢入京使》的路上
听那句平安的传语　泪水流淌

好在　只是皮肤粗裂
筋骨尚且强壮
没有烽火的日子很平安
战争　在很远很远的地方

呵　在岑参《逢入京使》的路上

## 在张继的《枫桥夜泊》中沉吟

这唐朝的诗人　终于来了
　走向枫桥
　　走进江南的钟声

那时　江南为防秋寒
　燃起了遍地的枫红

夕阳不合时宜地落下去
　丢下了微寒的诗人
乌鸟也不合时宜地飞来
　洒下满天咿呀的叫声
最不温情的秋霜呵
　飘满天空

那渔火是江枫点亮的吧
亮得那么犹豫　柔嫩

一切的忧愁骤然浮起
怎奈这蒙蒙的夜色
怎奈这撩起愁绪的黄昏

听钟呵　听钟
那钟声是一种期待
　来自南北朝来自魏晋
那钟声等待一首诗
　等待一个吟诗的诗人

眼前的一切都是准备
备下这月落
备下这红枫
备下这乌啼
也备下这霜意浓浓
一击钟声是无言的禅
这钟声在夜半
这钟声激起夜半客船上的
　灵感喷涌

呵　大美的寒山寺黄昏
呵　多韵的对愁而眠的诗人

## 吟孟郊的《游子吟》

几千年的缝补几千年的慈母心
母亲在昏黄的油灯下
游子的行路　是在明天的霜晨

那线是从苍苍白发中抽出
那线出自一颗母亲的心
不仅仅是临行密密缝呵
是每天　都闪现着一些担忧
　一些叮咛

童年的眼睛看过去　那是一根母亲的针
老来成熟的目光中
那针　是回忆是万般的酸楚与揪心

母亲　是慈祥诗意的母亲
诗人　是多情的游子吟

那个天亮是永远等不来的
那里　没有晨起的鸡鸣

母亲的针缝给游子缝给远行的路程缝给天下最温暖的
　情怀缝给絮叨不完的温情
天涯游子走天涯
哪一个　身上
　没有吟诵着母亲的银针

呵　静夜下马的韩文公
　不要推开这多情的门也不要敲开这伤情的门
古老的油灯下
　一首深情的唐诗
　　在念着深深的游子吟

游子出门的路永远在明天
今夜　是那满头白发
　是那针脚下密密的叮咛

## 藩镇自立

只要刀枪们被放纵且无法控制
只要它们的嚣叫肆无忌惮地响彻在夜空里
只要傲慢的眼神紧紧地攫住了权力
那么　就会有藩镇自立

藩镇自立　在一块被控制的土地
　耸立起一把蛮横的虎皮帅椅
把自己口中的酒气和胡言乱语
　都变成老子说了算的铁律
抹灭柔弱的生命就像抹掉一摊泥
　一路马刀砍过去
　　昨天炊烟的村子
　　　变成今日血泪的废墟

藩镇割据是让徒有虚名的朝廷
　去料理自己那摊子乱事

我的地盘我做主
　　用客气或者威胁的回复
　　　　把软柔皇帝的请求有力地抵挡回去

这是我们多灾多难的土地
　　又一次蹂躏在屠夫们的手里
人民　又一次被切碎煮成饭
　　让暴虐将军和士卒们充饥
军头们在土地上树立了刀枪的篱笆
　　而人民却水深火热地
　　　　几乎要窒息

藩镇们在割据
他们开始自立
大地已淹没在泪水与血光里
凶恶的绳索扑过来绑住百姓的双臂
当兵吃粮　去过当兵的日子
藩兵之外不再有什么粮食
不打仗就等着　等着被饥饿和乱兵杀死

## 乐山大佛

就这样　直接

　看着时间　看着人间的幸福和痛苦

看浩浩的江水脚下流过

　流出鸟声或者远去的眼眸

生命的存在不是孤独和虚无

这里的每一个缘都是未来佛

阳光是佛

水波是佛

隔岸的草是佛

浴澡的白云是佛

所有的佛都是来助缘的

　助这慈眉善目沉静千年说法不止的

　　乐山大佛

从脚下走过

　或者在大佛的耳边倾诉
其实　都是在听我们的心外逸的起伏
佛不曾离去是让我们回头
回头　看夕阳下山水美丽的孤独

江中的船儿驶向远处
　正是我们的目光被牵引驶向远处
风儿搅起草丛中的野兔
　正是我们的心被搅动兔子样奔突
佛让我们不要看着他求佛呵
佛在自性
自性　本无有也本无无

这是乐山大佛
他的面目　是现实中的人宽厚大耳的面目

乐山的草绿了
　那是浓浓的春色来拜佛
乐山大佛是一个僧人的愿
那愿　是让人看佛摸佛后
　心中　有佛

## 簪花仕女图

簪花女人们的腰身
　表明一个时代很开放
不取值于瘦而取值于丰美的肥胖
头顶上的花们也很大朵
　大朵地开在春天的故乡

这是个崇尚野性的时代
一切都不受拘束地自由生长
人的笑容中没有彷徨
　有的是自信　寻找　激荡
就像他们的书法一样
　多姿多态　情趣昂扬

簪花的仕女走在春天的路上
　或者就坐在春天的花朵旁
时代的包容性筑就了她们的形象

忧愁很少　没有迷惘

有的　只是健康和健壮

是不怕花来嫉妒自己

而是让花朵　放纵自己的妖艳和疯狂

簪花仕女站在绢帛上

她们美丽着的时候闺中少妇在凝妆的翠楼想拓边的

男人奔向四方

想绣着心香的荷包可否还佩戴在一个鲜活的生命上

簪花的仕女们是贵妇

或是来自富裕的形象

她们使那些色彩骚动不安

她们的眼中燃烧着过多的阳光

她们不是簪着花

是那些花簪着她们的笑

热烈地开放在大唐

## 最早的雕版印刷《金刚经》

知道一切都如泡沫
　如露亦如电
知道有为法不是究竟
　是一种方便
但偏要来做这雕版
（这印《金刚经》的雕版）

印上释迦佛大卫城乞食
印上代众生提问的舍利子的脸
印上洗净的钵
印上善护念
印上应无所住而生其心
印鹿野苑说法没有点出的具体时间

最早雕版印刷的《金刚经》呵　墨色是那样庄严
　庄严的芬芳

庄严的浓浓淡淡
不曾苟且的文字表现了更多的舒展
哪怕一个字
也会成叮当作响的大珠小珠　落满玉盘

雕版之外
是更虔诚的心和一丝不苟的双眼
是手的谛听如听法
是血液中涌动着久远的呼唤
雕版雕不出的是佛说法时
窗外的树中人间化了的呢喃

雕版印刷的《金刚经》
是佛在为弟子们的提问
而随缘说法　教化人天
而那雕版
则是在佛法的濡染下
看到了天女散花的绚烂
那雕版已通灵
过去心不可得现在心不可得未来心不可得的
它把握到了当下　瞬间了然

## 碑刻的《心经》

远离颠倒梦想后
这碑也色不离空空不离色地
　成了如如不动的菩萨

这碑从彼岸回来后
说那耶谛耶谛
说回头是岸　说放下

从一朵花上放下目光
　那花已不是花
从一阵雷声中放下耳朵
　那雷声已不再迸发
从我们的心中放下自己
　我执　原来是病态是自我的夸大

呵　放下《心经》的石碑

　是什么
放下石碑的《心经》
　又是什么
佛说法四十二年
　却道 不曾说法
只有那拈花一笑
　才是最根本的表达
文字和语言是那样无奈呵
无奈　是心成《心经》
　要在石碑上说法

幡动的那一刻
　六祖慧能说心已动了
马祖静坐终日　师傅
　用一块砖磨在地下
《心经》碑面对我们的时候
　　我们见山不是山见水不是水
　　　只见到了一种开示启发

有一天　《心经》碑说话
那时　是我们像那碑
　说一种无言的话

## 说不尽的打金枝

这是我们的自我陶醉
总陶醉在一种幻想
幻想有一种自由天天围绕在身旁
幻想皇帝的女儿可打
　打后　能打出自尊打出一片屈服的泪眼汪汪

呵　说不尽的打金枝
我们把它挂在过瘾的嘴上也把它挂在国粹的戏文上

那些皇帝们已经千百年地迫使我们跪在地上
杀伐随性
并不在意无辜的血和眼泪的流淌
他们的公主是金枝
金枝的眼中　世界永远金碧辉煌
父皇的臣子就是她们的臣子
父皇的自大与疯狂也就是她们的自大与疯狂

醉打金枝　还是被金枝打得没有人样
历史　并不是第一次向我们摊开了它那本糊涂账
金枝的高傲颤动是颤动着目空一切的目光
目光下并无齐肩的夫婿
　只有用心良苦的攀附
　　攀附在王权统治高高的大树上

呵　说不尽的打金枝
说不尽的打肿脸硬充胖
刀枪棍棒打出的天下里岂容他人张狂
金枝是你打的吗
打金枝是打皇帝的血统是在间接地打着皇上

醉死也打不得金枝呵
金枝　长在专制的树上

## 懿宗杀了二十多个御医

为了亲情骨肉的死去
龙颜一怒　懿宗
　杀了二十多个御医

不问青红皂白
不问良疾恶疾
不问此病究竟可治不可治
满腔仇恨化成一个字
杀　杀你这些卑贱的蚂蚁
　泄我胸中高贵的恶气

养着你们就是为了创造起死回生的奇迹
(尽管　你们吃的粮食是你们农民父母种的)
　　是为了让腐朽腐烂化为神奇
(尽管　你们穿的衣服是你兄弟姐妹织的)
　杀你　杀你的人头落地

我们的命贵贵于金玉
你们命贱贱似土石
不杀你们不足以平君愤
君临天下放眼看去
黑压压人来人往
百姓的命　一钱不值

权责有专系
皇家的女儿死
御医岂能不死
治不好金枝玉叶
你死　他死
二十几个　都死

管你那些病能不能治
管你该死不该死
活着　证明你未死
死了　就证明你该死
二十几个　一起死

去他妈的御医

## 唐皇斗鸡

江山已经烽烟四起
到处藩镇割据
晚唐是一卷残破的历史在大地上痛苦地喘息

没得玩的皇帝惴惴不安
呵　明天的日子在哪里
哪里还去找贞观开元的日子
没得玩了呵
没得玩的唐皇玩了斗鸡

昂首的鸡冠
多少　能代表些胸中的豪气
流出的血可以让人看到战争的信息
（宦官们开始在宫廷专权
专权的宦官并不把朝廷放在眼里）

那就　斗鸡

这里的争斗恰似宫中的争权夺利

这里的伤口也很能激发人横强斗勇的想象力

这里的弱肉强食中能看到活着和死

只有这一只被掐爬下了

那一只　才因凶狠而高高站立

在这里斗鸡　可以明喻天下的大趋势

遍地的争斗只为了躲在战场外的那把米

那把米从容地操控一切

那把米知道　自己可以使所有的一切都失去理智

一把米窃笑着

　洋洋得意

## 陆贽的那一谏

聪明人的话挽救了一张糊涂的脸

那张脸的存活注定不会造成结局的圆满
那张脸纳谏时是一张惊慌失措的脸

那脸领导了陆贽也存在于今后的时间
那脸大多数的时候对谏言都会进行冷漠的反弹
那张脸知道自己连面具也不算
那张脸在最无耻的时候从不遮掩自己的颟顸

那张脸在崩溃前的一刻接受了陆贽的一谏
那张脸的乞求　是让自己的明天
　还成为一张皇帝的脸

陆贽那一谏
挽救的　却是一张昏庸的脸

斯时　大唐正陷入灾难
百姓的死去只是道路边一具具尸体的腐烂
军阀的割据　已经使大地破败不堪

而皇帝呢
皇帝依然在血脉延续中流转
一张脸被杀死
　又会换上另一张脸
颠沛的龙椅被屁股带着
　坐完一天
　　又是一天

那一天
陆贽的那一谏说服了一张脸
那张脸变坏的一天
　陆贽　死于自己那一谏

## 牛党　李党

两种角色

　不停地上场又下场

同一种面具

　变换不同的形象

哈哈　牛党

哈哈　李党

官场是一个舞台

只有一个主角在唱

上台的　要学会乔装

下台的　会被撵到很远的地方

（那地方　有湿重的雾也有要命的疠瘴

民间的草丛中失落者唱起忧郁的歌

　会是发自肺腑的感人至深的诗章）

君子们结成的党

　被逐后是异类是异化的形象
胜利者很快会变成失意者
　扛起枷锁孤独地走向贬谪的边疆

而朝堂则是皇帝的朝堂
一场又一场竞争树立了君王正确的形象
纷纷扰扰的角逐是戏
　使他更具有智慧的眼光
今天　是李党
明天　是牛党

谁记得那些有益的作为
谁记得那些失误和正确主张
历史的吊诡是将人分为党
　是那些弄权者今天你上场
　　明天我上场

势不两立的对峙
　筑造了官场
唐朝的官场上
　对立着李党和牛党

## 唐传奇

不是传奇　是生活的真实
(传奇是中国式的躲避
躲避别有用心的眼睛再制造出人间的悲剧)

看走过来的柳毅　正是本村最标致强悍的男子
巧遇的羞涩绝不是传奇的龙女
　而是邻村小妹　一个唇红齿白的女子
传书是传给父母得知
两颗心在相遇的路上
　已相爱　相许

一篇《莺莺传》已牵不住情窦初开的二八女子
女子翻墙投进张生的怀抱里
那张生呵　不是传奇的戏剧
　是上京赶考的真实
那张生爱上了大胆的美女

美人呵　在唐代
　是切切的闺门情痴

不要　不要把李娃关进拘谨的传奇
李娃就是自己血肉丰满的真实
荥阳公子且慢行
曲折地走过情节走过人生后
　是心手相连的结局呵　绝不是虚拟
霍小玉呵　漂亮如花的霍小玉
多情的才子并未走远
　在五绝在七律
明年梅开的时候再来
　那梅里　有他的边塞
　　还有一支雪花纷飞中吹梅的竹笛

不是传奇呵　那不是传奇
　那是真实的报道与纪实
　　那是搦管沉吟的香山居士
明皇的故事也是真切的足迹
贵妃起身　水温尚存的是华清那一池
天上人间的追索谁说不是心思
心思在人心　不在唐传奇

呵　唐传奇呵
　那唐传奇

# 宦官有了神策军

宦官有了神策军
一把鲁钝的剑
　自己开出了锋刃
早餐的食盒中端上的不是馒头的蓬松
　而是热腾腾的可以拿捏的梦

鸡笼外边站满了鸡
　鸡眼看去　人便很另类很怯阵
宦官有了神策军
　神策军手中　紧紧搓捏着皇宫

一把握着的刀
　开始威胁痴呆的木棍
一支耀武扬威的剑
　鄙视装模作样的忠诚
皇帝的废立取决于宦官的心情

一件龙袍无奈的呻吟已不能获得些许忠诚
宦官统领神策军
撤换一个皇帝的脸
另一张新换的脸上　则充满惊恐

把钥匙交给贼
　顺便交给他开着的门
把阵地交给敌人
　顺便交上自己的生命
把生命交给刀锋后
呵　宦官
宦官有了神策军

神策军是护卫
　只护卫权势的眼睛
神策军只看中尉的脸色
中尉　是宦官是司令

宦官
有了神策军

## 韩滉的《五牛图》

这样的画牛
　画出了一些缺陷
韩滉的牛站在那里
　我们看不到一个湿漉漉的春天
春天淡淡的绿
　也不再濡染我们的双眼
韩滉的牛　在那里
　只有肥硕　壮健

这样的画牛
　也画丢了我们热爱的蓝色空间
没有潮湿的空气
　没有白云悠悠翻卷
韩滉的牛站在画面中间
画上　野草刷啦啦的声音
　我们听不见

蛐蛐夏天扯着的锯子
　我们听不见

呵　韩滉画牛
牛　无法走到黎明的河边
黎明的河边是那样的秋色
　是高粱弄红了秋天
静静的池塘里
　唯美主义的桂花打着成熟的伞
夏天的浮躁是拂不去一树的蝉呵
现在的澄澈　是凉风掠过水面

韩滉画牛
他的私心显而易见
他藏进了画外的大自然
　甚至躲在反刍的夜草的清淡

韩滉画牛　牛是绝对的独立
　是无视一切的中心和支点

## 唐仕女俑　在看着什么

是在看秋雁
秋天的雁回家会飞回一些温暖
温暖中　阳光的声音可以听见绿色的流淌可以听见
温暖是一种怀抱
　会使穿越季节的脸
　　获得更多的平静和安全感

是在看即将到来的冬天
冬天的雪花飞舞
纯净的世界没有被任何的脚印污染
家乡的树也被白雪妆点
低矮的屋中　贫民的日子沉闷而又孤单

一个女儿回不了家
她健康丰腴的脸一半在俑中一半却在深宫大院

唐仕女俑　在看
她看到春风御柳时
　诗人们的诗都可以唱
在天街小雨的春天
　草色遥看近却无地踮着脚尖
她是动了春情的
　动情时　她听到了那曲粗犷的黄河远上白云间

唐仕女俑已经看了一千多年
　始终看不到一面菱花铜镜走来看自己漂亮的圆脸
她的寂寞积郁在广阔的时间
她沧桑着
　却无法丢失自己那张唐人的脸

唐仕女俑呵　在看
　看红叶传书来时　枫叶上有几多斑斑泪点

## 玄都观中的刘禹锡

来不来玄都观花都会漫进双眼
桃花是开在前年开霞云满天
菜花却开得有些幽玄
金色的榆钱儿很现实绝无更多的浪漫

听了那么多的竹枝词体味了东边日出西边雨的情感
道是无情却有情的诗岂是在朝堂可以听见
(那朝堂是一种道貌岸然
　它迫使唐诗颂圣它总想在艺术中半生不熟地塞进
　　自己的政治观点)
民间肌肤雪白的裸脚在春江水中是那么鲜艳
　可以浣洗道德和礼教的积淀
不是桃花未开也不是菜花无韵地开在眼前
是心　已无了些狂想开了些浓艳
今日刘郎已不是前度刘郎的重复出现
再来的玄都观也不是昔日的玄都观

见过蜀主墓时也见过往事如烟
见过石头城的月色
自然　是见过血色的昨天
在乌衣巷口的那一刻
　那些野草花那些夕阳斜越发无奈地不忍一看
(看与不看　都是飞入寻常百姓家的旧时王谢堂前燕)

呵　玄都观的刘禹锡或刘禹锡的玄都观
　不仅仅是再来一次
　　也不是那些桃花和菜花的
　　　相继出现

## 韩　愈

《进学解》中的韩愈很章法也很明晰
国子先生是个概念或是被提的一个问题
　白髯飘拂　站在那里

年轻而老夫子状的韩愈
　说瓮瓮的古文说可以载道的语气
他的学生们无名无姓
　是些粗糙的砚台和青春年少的毛笔

韩愈在《进学解》中
　说勤奋说出了长安清晨的啼鸡
　　说士子的三更天
　　　月亮很亮星星皎洁如玉璧

韩愈说荒嬉
　说松松垮垮的日子中

年轻的脸颊上
已长出了无奈的胡须

韩愈在《进学解》中
表达一种范式对抗前代的言之无物也对抗当下的
浮艳绮靡
老先生说道时
道在眼中　燃起了幽幽的火炬

而国子先生
一直不失威严地
站在那里
他没有下课
没有离开的日子

韩愈走了
走进历史的风里
《进学解》却不解　自己
怎么总听不到下课的钟声响起

## 柳宗元的山水

小丘与水湫和他捉迷藏是有些时日
躲在深深的野草中躲在淡淡的雾气少女一样
把自己封闭在待嫁的轿子
（要嫁　就嫁一双好眼睛
嫁就嫁个好日子）

从官衙中踱出的柳宗元
不知道有漂亮的山水等在那里
不知道野犷和纤细需要他开发
并且　命一些好的名字

永州的潭水幽幽流着
流出彩色的鱼
悄悄的石头和阳光一同洒在水底
小径蛇一样滑出去
在某一溪水声中走丢了自己的影子

柳宗元的好山水是一场预谋是美丽的诡计
它们让心忧天下的眼睛优游在散文一样的山水里
它们诱着诗人写惯奏章的笔
　写悠悠民风写恬淡隽永的小品文字

写过这样的山水小记
柳宗元再也不想过分热情地走回衙门里
(衙门里的风景没有这样简单美丽
衙门里的空气没有这里充满更多生机)
一生的阅历竟是为了这山水呵
山水散文开去　说透了人生的体悟
　也说美了许许多多艰难的日子

## 在柳宗元《江雪》中看雪

好孤寂的一场雪

　下给一个人　下给那人心中唯一的意境

那个人是在多年前走出一场改革走出长安的门

那个人已经很民间化了

　爱秋山爱有水的风景

　　一直把自己爱得很恬淡爱成南方不加修葺的草丛

这是下雪

　下给一个人的眼睛

　　下给一根钓丝的专注神情

(所有的鸟都已绝迹

　飞离天空)

这场雪把那些路径下丢了

同时　下丢了很多嘈杂的脚印

这是一个人的孤独
是一个人钓雪的身影
我们看他的时候
　是看飘落着雪花的竹笠看那小船上稳重的沉静

垂下钓丝
可以看成是钓鱼也可以看成是钓那寒江雪
　钓那落雪的声音
满天的飞雪被钓后是面对挤压的从容是冰雪一样的纯净

一切都是孤独的
并不需要簇拥不需要多余的帮衬
一个钓雪的人
一根钓丝的纹丝不动
一条船上的一顶竹笠
一场雪　一首诗营造的
　触目惊心

## 长安米贵白居易

哪怕长安的米再贵
　也不应拒绝千古难觅的居士
高傲慈和的目光飘过原上草后
长安　也端的是白居易

草　普通的草
　年年绿了又黄黄了又绿
　　已经平凡得没有多少人想起
洒洒脱脱的白居易坐下来赋那原上草　赋出了人类
　生生不息的生命力
(草根的存在是卑贱的
　但草根的发芽却是新的生命和又一个春天的开始)

卖炭翁呵
年年冒雪卖炭以换回低微的日子
没有谁说出他们心忧炭贱愿天寒的苦凄

没有谁让他们走进情感丰沛的古诗
是白居易　是白居易看过他们民间苦难的身姿
　泪眼汪汪地把他们表达给当下
　　表达给后来的日子

呵　《长恨歌》中
现实的讽喻离不开白居易死去活来的爱情离不开白居易
　长夜芙蓉的伤感离不开白居易上天入地的追寻岂能
　　离开白居易
拍案叫绝后　那种回味
　岂能离开白居易

离开了白居易的浔阳江头
　送客只能送出一种俗淡无趣
离开了白居易
　枫叶荻花在那个水边不会讲出晚秋的故事
离开白居易　犹抱琵琶走出来的
　绝对不是风韵万千的成熟女子
白居易不在现场的召妓呵
不相识的天涯沦落人一定会永远的不得相识

呵　米贵的长安无法没有白居易
天涯芳草的大唐民间谁能抹去关心民众的香山诗句

偶有一天　真的在长安找不到白居易

那是他弄了绿蚁新醅酒和红泥小火炉在雪天的傍晚

　招来了好兄弟

　　在做着一场韵味十足的诗人一聚

## 李贺是可爱的诗鬼

人间的限制太多
胸中又有那么多的块垒
一本正经的表达
　有时候很累很累
况且还有黑云压城城欲摧还有问天天无语的伤悲

且做可爱的诗鬼吧
看野草跳舞自我感觉有一种野兽的美
风吹原野的时候不需要短褐也不考虑在哪安睡
天若有情天亦老呵
古今问天是问自己的不平
这次　是问天的年岁

做诗鬼
所有的语言都可以魔幻般地错位
肩上的诗囊　日日有好诗可喂

做诗鬼可以在诗韵中陶醉
然后是不在乎一切
包括不在乎那咯血的肺

做一诗鬼
在野山旁
可看见精赤美丽的女山鬼
可以看到花朵
守着一条小河安睡
可以在胯下的小毛驴上
接受夏日风景浓郁的包围

李贺做诗鬼
笔下的意象和意境更加奇瑰
文章哭起秋风来
秋风　流出了
酸涩的泪

# 在《赋得古原草送别》中

大地上的草太普通了
去年它们消失后没有谁打听过它们的行踪
它们死在一个秋天
(那个秋天和以前的秋天一样
　慢慢地掐死了草的声音)
呵　谁曾留意　草
　在夏天　是很年轻的风景

那样的短暂　没有留住更多的赞叹和沉吟
　甚至没有留下一些犹豫的风
野草死去
　大地上　传来了银白色的履霜声

野火烧过的晚秋
远处　是有些风声
风声夹杂着钟声

敲来　是草的丧钟

结束了吗　曾使季节喧嚣腾涌的生命
失去了吗　那样的柔曼
　那样的婀娜　翩翩如舞裙

是春风　无法忽视的微温
　无法抗拒那奇痒般的酥润
春风是来找自己的脚和歌声
是找休憩的春天
　在土地的深层

呵草呵草
　草是真实地长出来真实地让疲惫的眼睛发晕
草是大地上抹不掉的生命
谁都无法消灭天下所有的草根
草根绽放生命的时候
　所有残暴的手包括那些野火都沮丧地感受到了
　　自己的无能

# 青花瓷　青花瓷



最是温柔纯洁的一瞥  
呵　青花瓷  
　在广大的岁月中可以秀  
秀灿灿的光泽  
秀肌肤细腻  
秀出一炉火的腾腾红  
(那是对一座古窑的回忆)

青青的莲花开了  
　开在皎白的青花瓷  
秋天的一切都纷拥而上  
甜蜜的空气  
莲子之外的一场雨  
还有　水面上秋蝉的牙齿

开过许多的花后

青花瓷无法阻遏蓬勃的花枝

花枝上的月亮掉在春江的水里

月亮的脸

是白白腻腻的青花瓷

呵　青花瓷　青花瓷

青花瓷被捧上餐桌时是辉煌的日子

青花瓷泡一壶好茶时

茶　于芳香中携一点青花瓷的消息

茶泡不透的　是

青花瓷上

淡淡的秋意

# 元和郡县图

一切都是可以汇编集纂
　都可以在这元和郡县图中表现更多的特质和灿烂

河流们流过来不是逝去的古人不是默默无言而是挟
　带着泥沙和潮湿而来呼啸震天

山冈的起伏奔腾也不再是蜿蜒曲折的线而是兽的疾速
　是奔跑的姿态　一路向前

呵　打马疾驰的官员停下来呵
看钟乳石乳一样悬挂在春天
听沙漠的钟声响起来
那是鸣沙　是沙漠音乐的盘旋
久已哑口的隘道
　吐出的战争故事和烽烟
　　属于行政建制属于阳刚的军事篇

岸边的草呵随风蹁跹

　摇在元和郡县图的地理中间

后边　有很多鸟类

　穿梭在蓝天

让我们读那篇果园吧

贺兰山下果园成

果园漫开十里香郁的时候

　是在唐代　唐代边塞的春天

元和郡县图志里　横卧着烟岚的平川

平川里物产丰富

许多无名的花在争取身份　做着浓艳的呐喊

通往远方的路　伸向辽阔的天边

# 《巴山夜雨》诗意

那天
空气很浓也很潮湿
那天　巴蜀的天空下起了最浪漫的雨
(那雨呵絮絮叨叨
　到黄昏　尚未止息)

那天李商隐被困在唐朝
　困在每一个烦躁的雨滴
写信写出了浓浓的愁绪
却写不出归即未归的那个日期

是遥远的信在问呵
问一个离人的归期
问最熟悉的声音和笑意
问一个春天般的消息

多愁善感的问

　是一句话的平实

问归期呵

何时　是君的归期

窗外的雨

　已经不满足存在于唐诗

　　不满足浓愁的秋池

雨下着

　下起鼓鼓胀胀的意境

　　下着更深的夜色

　　　覆盖了大地

而归　却是无定期的

知道一把剪子已经等得很急很急

(那剪在秉烛彻夜后要剪灯花的疲惫

那剪子　要在一个典故上

　添加更多的韵味和美丽)

可说的　还是这夜雨寄北

是肥大的芭蕉叶子

无话可说的时候还说满满的秋池

无奈的废话有通感

通感的　是说不尽的巴山夜雨

## 高高的法门寺

不知是风立在法门寺还是法门寺立在风里
铎铃们说不清
说不清的　还有从未打过瞌睡的木鱼

说不清时间了吧
说不清大地或佛教故事中
　哪一天　长出了法门寺
说不清寺中那双智慧的眼睛看风云也看见了沧桑的历史
说不清逝去的高僧走进喃喃的偈语
说不清最后一次锁上门后
　法门寺不再向乱世
　　展现会发光的佛的舍利

砖木老了
老成步履蹒跚的日子
寺前的树也老了

老成成熟的风景和难言的隐秘
唯那香火不老呵
一炷香　一层新的心绪
一炷香　一句新的祈祷新的心事

西风中的僧塔呵
　可看见滚滚人流远去
　　有些心停止了奔逸
　　　回头　开始打量自己
可看见一卷《法华》展开
　有多少人念在祈福的嘴里
　　多少人融进成佛的心里

呵　是风立在法门寺也是法门寺立在风里
人间的莲花开起来已不分莲花与淤泥
千般法门唯有制心
制即未制时
　法门无门
门　早就开在无为的自性里
　开在桃花的回头一笑里

## 这是《秦妇吟》 那是《花间词》

这边是《秦妇吟》
　是长长的故事是人间的忧伤是百姓的血在流淌

大地上　血泪汪汪
青春的少女死于劫掠
呼啸而至的是疯狂的刀枪
和平的日子被撕裂后是平民的苟延残喘是痛苦和凄凉
这萎地的花儿这诗歌中的绝望
历史从不这样合辙押韵呵
人有人性的时候是温文尔雅是道德的灵光
失去人性的人　是嗜血的兽是吸骨的豺狼

而那边　则是《花间词》
　是坠落是肉欲的沉溺是疯狂

性的变态　倾斜的目光

不看血不看天下的血在伤心地流浪只看女人的皮肤
　脖子和性感的模样
表现头发上乌云的飘漾表现色情而尖削的肩膀
唯美地观望那些肉感观照有性在其中的月光
在喧嚣的青楼在花间偷窥慵懒的晨妆
写袜子和枕头
写爱过后　有些东西遗落在五代病态的雕花床上

呵　这边是《秦妇吟》是人生面对着无情的刀枪
呵　那边是《花间词》是香艳的脂粉芬芳
是谁的一刀划出这截然对立
是谁　让我们在看乱世时又看出了醉生梦死的荒唐

但是　这边是《秦妇吟》
那边　是《花间词》的柔媚吟唱

## 那陶俑　在哭泣

怎么能不哭呢
大地上突然出现了悲剧

许多的血流尽
许多的生命逝去
已经不知道明天是否活着是否还有人间的日子
眼泪来自一陶俑啊
斯是乱世　乱世
　陶俑　也在哭泣

已经没有什么国事家事
唯一的事　便是活着或死去
活着　就要面对每一天的血面对屈辱和恐惧
活着　就是随时准备去死
　死于乱兵　或者
　　被饥饿无情地掐死

这陶俑在哭泣

  给我们留下了最沉痛的打击

连俑都哭泣的日子里

  大地　已变相成了地狱

不需要评鉴　只看这俑的哭泣

不需要记忆　只看这俑的哭泣

陶制的俑只需一哭

  便把最悲惨的一面留在这里

这里　天下纷争军阀们在追逐权力

这里　人命苟且百姓已无法耕种自己的土地

这里　人卑贱得不如一棵草

这里　人的活着只是一种可有可无的呼吸

# 《布袋和尚图》



半传闻半现实地走着
这和尚　走出许多寓意

一袋装进　没有什么装不进去
烦恼装进去忧愁装进去
必要时　连自己也可以装进去

那布袋　张着乐乐呵呵的口
　总是笑笑地不言不语

走在春天里　布袋和尚和布袋
　呈现神通　一会儿走成花的故事一会儿走成草的故事
　　走成春天时　和尚人间的脸热汗淋漓

而那布袋　也早已把一切都布施了出去
只有囊空

只有空空如也却毫不羞涩的富裕

没有什么可计较的
也没有什么可压在心里
一袋能装　却从不做贪婪的通吃
一袋倾出　亦不要那感恩的赞誉
随缘而来　走在这人间桃花里
随缘而去
是观音是弥勒随你去联想猜疑
来是要显现了无牵挂的大肚子
去　是要放下那从未背起的大袋子

放下自在呵
放下是不要被什么挂起
遍野的鲜花放下后才能看到春日
累累果实放下后才能看到秋天的富丽

连自己都放下后
哪里　有大度
哪里　又有那装进装出的布袋子

# 黄粱美梦



还是睡着了好
睡着了　有梦
有金润的黄米饭热气腾腾
有那只没煮死的鸡溢出芬芳的叫声
梦中　可以升官发财
　可以治理一方且治理得歌舞升平

不愿意醒来呵
醒来后的现实太作弄人需要人面对痛苦面对天下纷争
醒来后辘辘饥肠会充满对黄米饭的怀念
目光　因为失去了那杯酒而变得空空洞洞

愿意睡在梦中
哪怕是装睡也不愿睁开清醒的眼睛
梦里说什么也只是痴人说梦
没有谁去和痴人计较

也没有谁在乎痴人自己睡成的梦

闭上眼睛吧
不要睁开眼睛
开眼会破裂梦会失去富贵的车马失去悠闲的崇荣
开眼了子女玉帛皆不见
开眼后　无梦的现实会把人压榨得更加贫穷
然后　是泪光淋淋
然后　是鲜血淋淋

还是　做黄粱美梦
梦比现实好的时候
　谁愿醒呵　谁愿醒

## 《商山早行》意境的延伸

是个想家的黎明
黎明中有微微的风
风　孩子般地弄响了铎铃

抬眼望去
　竟有晚期的唐诗在等
那是月亮的面容
那是茅草小店
那是一啼两啼的鸡声

呵　鸡声茅店月的朦胧

有一些人已经在时间之外早早出门
沉默的板桥洒下了霜
呵　是谁那记忆般的脚印

槲树　已经不能打扫落叶的飘零
枳花是越过季节穿越而行
　在春天用自己的亮丽把天空照明
忆念的空白处是脚步的移动
是在这秋天　在这人迹板桥霜的早晨

不是漫不经心的早行
不是早起的耳朵惊扰了鸡鸣
不是早起的衣袖轻拂茅店的门
更不是早起的眼睛触动了月亮淡淡的清冷
这是晚唐诗人和他的诗去凭吊
　凭吊杜陵的沉寂和沉寂中忧患的灵魂

并不是谁都在那一天早早出门
不一定有那鸡声茅店月
不一定有人迹板桥霜的意境
不一定有细微温情的眼神

那一天有一个人踏霜出门
一走　就把自己走成了婉约的八叉飞卿

## 美丽的竹枝词



那些词　从蜀地的江上唱起
唱歌的人　皮肤白白嫩嫩
　还有红红的唇白白的齿

竹枝词最钟爱雾中的竹枝
　不登雅声的正殿不参加唐代的科举
竹枝词唱爱情唱出朦胧的美和若即若离唱有情无情时
　唱到东边日出西边下着缠绵的细雨

唐代的竹枝词飘起的衣袂在青衣江中在窈窕的渔舟里
竹枝词情到深处
　能唱出黄沙淘尽后阳光闪烁的金子

竹枝词在唱
　唱在泉水潺潺的竹林里
竹林里有许多的约会

在等待痴情男子和美丽女子
竹林里有最宽敞的草地晒着早晨的太阳闪着晶亮的露滴
竹枝词唱到性急时
直接把自己唱成了横吹的竹笛

竹枝词是以巴蜀腔唱愤怒和不平唱无拘无束的曲子
唱一年中更替的四季唱出一轮月亮时
月亮在江头　等春潮等花
等春江花月夜中绕芳甸而来的唐诗

竹枝词唱出的诗人　叫张若虚
后来改名　叫刘禹锡

## 百姓穿过的麻鞋在这里

那鞋　走过崎岖的山路却没有走丢方向
是回家的一双鞋啊
回家后　它要睡在温暖的炕上

记得那天山头上唐朝的月亮
那月亮是狗　不咬　却叫得泪眼汪汪
那晚上的风已老气横秋
那夜是嗅得到桂花香
那夜　那鞋是麻质
　走在脚上

那鞋　最多的是走在田野上走在绿色的春光
暖着鱼儿的水塘睡出了中秋的月亮
脚印中长出的水稻已经开始雪白地梳妆
那双鞋走着的时候
　小路　从未离开村庄

那双鞋　最后是走一次流浪
残唐乱世已毁了它的家乡
无助地走着　它走不出一种凄凉
家人的死去使眼神更加忧伤
走在时间的边缘　它在寻找一个角落
那里　没有战火和刀枪

终了的走是走在一种失望
失望是鞋停下来等待后来的目光
后来的目光面对它
　看到的　是无路可走的
　　孤独悲怆

## 唐朝的古文运动

古文运动不是群众运动
　没有动员成千上万的群众去进行
古文运动是一种写作手法
　想文以载道地表达表达得更清楚更动人

古文运动崇尚简洁率真
不搞绮靡不在女人的枕头袜子上滥情
古文运动也缠绵悱恻
　在一把送别的弦上流来泉水
　　表现出纯正的声音让你听

古文运动游走在伦理道德中
　音韵铿锵　主题庄重
为英雄立状
　古文运动会哭得泪满衣襟
为烈女做传

古文运动会捕捉并还原远方的战争
给死去的忠诚写墓志铭
古文运动单刀直入
绝不回避朝堂的纷争

古文运动也是弄些花草的
篇中的花草很节制自己的碧绿桃红
古文运动重情重义亲君子远小人
古文运动视自己为书写的正宗
噫唏　不流于滑稽
呜呼　不失正统

古文运动的拿手戏是情景交融
并立起一个敢于议论的人
(那些人饱读诗书那些人的本原是四书五经)

古文运动　其实是说话说得理正情真
动情处　不掩饰自己的热血沸腾和老泪纵横

# 敦煌曲子词

艺术中美丽的小妾
身份不明时　便展现了自己的灵动和浪漫

面对敦煌的黄沙
　依旧是口语般的抒情笑谈
不装一本正经的大
　也不掩饰小小的温柔与温婉

可以唱
唱玉润的红牙玉版
只要唱得入心唱得深情
　哪管是什么诗余是什么长短
露最年轻的眉眼
唱平芜唱艳阳天唱风景唱散淡的酒盏
一直唱到敦煌的某一夜
(那夜　响起了歌女的管弦)

高楼上的离愁

　　曲子词　能听得见

离家的乡音乡书

　　曲子词　能听得见

连那疏野的鱼钩

　　曲子词　都会看到深浅

　　　还有秋飞的芦花

　　　　哑哑南飞的鸿雁

敦煌曲子词

　　是在敦煌住一个旅馆

来到敦煌　是在文字中冬眠

　　是要等一个词曲发达的年间

敦煌曲子词

　　自身带着韵律带着缠绵

一叠一叠地翻过去

那些杨柳风那些边关

　　都会一一出现

敦煌曲子词翠楼远眺的身姿

　　在春日　最多情　最好看

## 经折装在装帧史上

经折装在装帧史上
　是智慧的光是书籍早期的脸是以后生长的模样

经折装是要揣着我们的
很便携地揣着我们走一串吟诵朗朗
经折装一叠一叠地折起来
佛经　有了更庄严的法相

是谁　在长长的卷子上
　折叠　折这经折装
伟大的发明　会否是一个随意的动作
　竟造就了世界级的辉煌
人类的伟大与力量
　不是打那些你死我活的仗
有时　就伟大在这经折装
　伟大在发明了经折装的手上

向着太阳
向着全人类的目光展开我们的经折装
经折装折折叠叠的路
　是人　走在艰难创新的路上

一折一叠地念起来
　念我们的经折装
一折一叠地重温
　重温佛祖温暖的目光

我们是有经折装的
经折装便携着我们以及我们思想的光芒
在折经装里我们找不到战场
　找不到血和创伤

经折装便携我们
　是把它的美丽动作
　　顽强地留在了印刷史上
　　　把它的戒律
　　　　挂在我们的身上和心上

## 排箫女　排箫女

在画上或俑上吹
　吹不出后来的日子
吹出的从前已是故事
　是脸膛丰满的唐人故事
　　是治乱相间的唐人故事
　　　更多的是一把箫与一个女人
　　　　相依为命的故事

教坊的乐早已停息
衣裙上的风已萎靡
历史的人物也已散场
这里　只剩下没有回家的排箫女

吹过胡乐吗
胡乐里有白云也有草原的样子
胡乐里的胡旋舞很放肆

胡乐里压酒的美女叫胡姬
胡乐里诗人的比拼拼出了阳刚的边塞诗
胡乐退场的时候
　一排箫会伶仃成独笛

吹过宴曲吧
宴曲里少不得荒淫的意思
酒杯别有用心
多得是醉别人少得是伤自己
宴曲中免不得无耻
无耻是风流的正宗
无耻是不走样的宫廷权势
无耻到极点
　奸相或宦官的笑
　　绝对会置忠诚于死地

还是　吹家乡的杨柳风吧
那样　会把自己吹成纯洁的排箫女
　会吹出一场民俗的清明雨
　　会吹出更加茁壮成长的草绿
那时　排箫
　会开杏花　排箫女
　　会是开花的桃枝

## 这里有个苏小小

苏小小在这里
在这身漂亮的霓裳
飘飘的霓裳飞起来
　是温婉的曲子词也是一叶兰舟在水中轻漾

做歌姬的日子
　其实　是一支歌在自由飞翔
飞婉转的歌喉
也飞无拘的翅膀
飞眉间的情感
飞矜持的晨妆

最美的唱是唱在钱塘
　唱在晚秋暖暖的阳光
钱塘潮水涌满了呐喊的江
这边的苏小小

是红牙玉板纤纤指
是小桃红　红在樱桃小口上

这是唱成一座墓
是唐诗的柔骨与绝唱
春风袅娜唤花醒
一代名妓
睡在了美丽的梦韵故乡

还可以听到那种唱
秋天　它是红色的
是枫叶红红的脸膛
夏天　它是肥绿的
是一树一树蝉的模样
而冬天　它只有寂静
静静地听诗
勃动在古老的江南大地上

这是苏小小
或苏小小墓
她的美是一种想象
是想象也无法企及的
风韵和漂亮

## 寒食清明节



清明节里香飘出的思绪
　比所有踏青的路都要长
那一天
　人们的魂都要伤一次
（被那杏花细雨所伤）

春天的草其实很幼稚
　疏疏地蠕动在小路边
（小路是通向一个季节的呵
　　走过的人们　会看到
　　　春天　快要牵住夏天油绿的衣裳）

被冬天所困
被雪飘得产生了些迷惘
秋天的果实挂在去年的树上
夏天的蛐蛐不在笼中

　而是在流水中央
一切都成为了回忆
深深的冬天太漫长
所有的红泥小火炉都无法构成更加诗意的太阳

那些猫一样的草在清明寒食节耸起了脊梁
冬天的溜走是在某天晚上
那天　河里的冰咳嗽一声
一些鱼儿悄悄闪亮
那天　有的萌芽先绿了点意思
　（先意思性地绽放）

寒食清明节　是传统的脚走在民俗的路上
杏花村被唐诗建构出来后立在遥远的前方
牧童和骑牛都走在我们的目光
只有那笛子被吹走了
魔幻的笛子　醉在清明的酒香
　醉成了暖风中的酒幌

## 《韭花帖》

《韭花帖》上无韭花
韭花　开在田野上
韭花的香味飘过来
《韭花帖》的饥饿已消除
　是满足感是满足后的舒畅

《韭花帖》外是干净的阳光
阳光之外　是更干净的笔
　在韭花中游荡

那方砚是散漫的
睡姿或许有些荒唐
那些墨也未浓出贵族的模样
一切都是平淡的
一如韭花被食时没有被淹没芬芳

《韭花帖》是神奇的
　神奇在随意性和回复的匆忙
没有被书法地设计
也没有被凝神思量
一顿饱餐后的漫不经心
　却闪射出了灵性的霞光

杨凝式在《韭花帖》中
　轻轻地睡在午间的清风酣畅
《韭花帖》被后人拿走颠覆了许多目光
行书的走笔走来是轻松的疏疏朗朗
后来的笔墨追逐　却无法追上淡淡韭花香

《韭花帖》　是在写田园和那些风光
　顺便　写出了书法的辉煌

# 这些水墨山水画



山呵
　本来就是一幅画
　　牵着我们的目光
　　　不停不歇地走天涯
水里
　也酝酿了过多的鱼虾
(鱼在做梦
 虾　却找不到自己的家)

悬挂在我们目光中的是这水墨山水画

山上的鸟在飞
　飞过春天时　飞一串笔墨的叽叽喳喳
春天的绿已有了更多的层次
　早已超出了一支墨笔的表达
(墨笔的表达只是表达神韵

神韵　是一座山和无数山生长出来的理由和骨架）
水　都在抗拒着不愿意流进一幅画
　躲进潺潺水声躲进盛开的花
（水的自由是在柔弱的形体中
　流曲折蜿蜒流一往无前的强大）

水墨画画出的山飘着羞怯的晚霞
水墨画画出的水已经抛弃了咆哮的泥沙
水墨画里的风景
　春风沉醉后　落在了地下
（落地的春风飞起来
　　是浓艳的蝶蛱）

水墨画里的山
　把一条瀑布挂在胯下
水墨画里的水流到画外后
　　抖出了遍野的鱼虾

# 李朔雪夜攻蔡州

那是谁的雪　在下
　下在蔡州　下在唐
一直　下满了带刀的城墙
银色的世界中　历史
　是一串串脚印吱吱在响

响着的脚印中是李朔
　走在一种形象
藩镇割据使大地百孔千疮
百姓是草
　一茬又一茬死在大地上
刀剑再一次主宰了世界
血　再一次卑贱地流淌

李朔走在奔袭蔡州的路上
　在自己的剑中沉默在鞘中保持着铿锵

那天的雪
  被走得很忧伤
那天的路
  也被走得很忧伤
战争已经成为了刀枪的碰撞
死亡的陷阱早已埋伏好
谁陷进去　都是死亡

那是谁的雪
  下在天上
雪后的蔡州城
  会有更多的人死于饥荒
    或者　死于胜利后乱兵的哄抢

# 段太尉　段太尉

何须逸事
何须传记性的张扬
只这乱兵中的一站便站立了一种形象
　便使喧嚣的刀剑收敛了许多狂妄

岁月中最尴尬的一章
弱者的脸和骨头都和血一起被践踏在地上
弱者的名字是百姓是绝望的眼睛中的惊慌
天天被乱兵砍杀
他们是饿虎餐桌上的两脚羊

站出来的是段太尉
　直面疯狂的虎狼
顽强的臂膀伸出来
　伸出了一堵坚实的屏障

虽然　后来是他的血

　是击伤叛将后他的死亡

但他曾站起来过

　为百姓短暂地树起了一道墙

何须逸事状

何须渲染和张扬

段太尉站在街头上

他的面前是乱兵是死亡

他的胡须在风中飘动

他的背后

　是受到保护的目光

# 在《江行初雪图》前



五代的冬天
雪　下在江南
　也下在一幅文人画里边
入水的网
　紧缩着网眼
同时感到寒冷的
　还有画面上描述性的细线

纷纷扬扬的雪呵下在昨天
昨天的渔家在冷风中
　摇着自己现实的小船
小船是他们人世间的陆地
　承载着一生的温饱和辛酸

是那场雪
　把它雪白的网
　　撒进一个凝固的时间

那样的寒冷
　冻缩了劳动者的双肩
美丽的渔歌是未收回的网
　留在了有霜的秋天
冬天使他们始料未及
　他们扯不回自己的网
　　并且永远留在江雪
　　　留在了江雪后不再融化的冬寒

这是江南的一场雪呵
　直接下进了一个画家的心间
羊毫笔也是在捕捞
捞起的
　是现实的画面
　　是水的波纹
　　　和野草枯瘦的呐喊

江水
　已经被鱼儿丢弃得很远
捕鱼的船
　也已无法获得渔火的温暖
但一双多情的手
　从来都未失去情感
　　在画面之外
　　　在寒冷的江岸

## 《晴峦萧寺图》诗意

一墨一墨地濡染后
山　渐渐远去
只剩呼唤般的翠绿在喊春天的晚钟
　　喊飘过山顶的春意

那板桥　先于人
　走出山外去
　　走出一些流水声
　　　也走出一些清清爽爽的山溪

走不出山的是一顶古寺
在一片悠然的意境中入定
　入定在怀中的禅房里

可以找到树
　找到翠绿的松枝

还可以找到残雪在山洼里
(它们是去年冬天残留的故事)
鸟啼也是可以找到的
　那是视觉是由近到远的距离

找不到的
　是警策的木鱼
木鱼藏在浓浓的夜里
　藏在诗唱般的偈语
木鱼在找我们
　找我们画外的心意

这些被聚拢来的山水
　常怀念秋天的日子
秋天的山　清空得
　只剩下金黄和那座佛寺
只剩下温暖的山峦
　和浑圆的墨迹
秋天　有一个小僧人
　会在水桶里
　　提着月亮回去

## 醉胡王　醉胡王

那醉呵

　是淋漓尽致地

　　把自己醉在面具上

长长的鼻子

　总是没有目光长

目光　看回草原

　看到草丛中隐约的牛羊

目光看水中的星星

　看到童话讲说在天上

幽默的醉胡王呵

满脸的线条都醉了

松松散散后

　是草原部落烈酒的模样

　　是醉在马背上摇摇晃晃的模样

一醉千愁愁却不解
(冬天到了　茫茫雪原
　又会冻死多少无辜的羔羊)

这是谁扔下的面具
　谁扔给我们的醉胡王
胡人的故事不都在胡须里
　更多的是在秋天逃离箭弦的肥雕上

醉胡王的面前
　醉着的只是酒杯的形象
真正的王是那首悠扬的民歌
　清醒地　一唱再唱

醉胡王是魔幻的
　魔幻到夸张
夸张的醉胡王先把自己搞笑
　让我们看那笑笑的鼻子
　　看笑笑的幽默后边
　　　漠野的粗犷

# 《秋山问道图》

不再展现过多的峥嵘
不再于一座山中　让石头
　表现争强好胜的奇峰
现实的争斗已经摧毁了许多无辜的眼睛
这是问道
问道　在秋天的宁静

秋天的山　消失了繁茂的风景
　平和地坐下来
　　坐成这圆润的山峰
　　　坐成山溪悠悠的水声
　　　　坐成茅屋三二间
　　　　　和茅屋中问道的人

道可道非常道呵
无法诉诸语言地困扰着问道与被问的人

秋天的布道
却是在那些金风
在山脊的浑圆
在大自然的呢呢喃喃中

说几上的那卷《易》是道
似乎不为过分
说手边温热的茶为道
确也不算谬论
道的眼睛看向窗外
万物说法说那些风景

听得懂的
是那颗心
听不懂的
还是那颗心

这是秋天
一双问道的眼睛
一个被问的人
一幅画的沉吟

## 《雪图》《雪图》

这样孤立的雪
这样白雪覆盖的山
　拒绝了一切的挺立
　　拒绝多余的粉饰与渲染

那个冬天是在画外
　在冷峻的大自然
冬天的一切
　都存在于自己的时间

白雪覆盖的群山
　得意于自己的皎洁和浑圆
　　并不期待世俗的春天

它知道　春天的溪流
　流淌在另一个空间

春天的花朵
　在另一个方位娇艳
春天的鸟鸣
　根本无法飞进这幅画面

这是《雪图》
是一个画家独具的看雪的双眼
他看出的雪中弥漫着一个冷静的冬天
冬天的雪下着
　覆盖了一座艺术的群山

他画冬天的楼阁
　画远离人境的悠闲
画那些松
　画冬天里有一种生命
　　热爱着严寒
而他画着的那个人　走来
　是赏雪　也是走活一幅画面

那是一个有雪的冬天
那个冬天　雪
　下在一个画面
这画面的外面有一壶茶

沸腾在五代十国的炉火间
那画画的眼睛
很冷峻　充满着文人的忧患

## 柳公权

不用直言干犯
　只需用笔下的骨力
　　做形象的进谏

不需要丰腴的累赘
不需要曲折的纷繁
只是柳骨
(柳骨属于柳公权)
骨力夸张人神皆见
骨力挺拔　彰显
　活着的意义和全部尊严

得意时　那骨力
　不亢不卑在朝堂间
失意时　依旧是那骨力
　从容不迫在笑谈间

一笑荡开全无媚骨
不做无规矩的弯曲
　只有风骨凛然
堂堂的身正笔正
从未被世俗弄圆
凛然的心正
　纯正地行走在人世间
心正的外露是那把白髯
春风梳理过后　一缕笑
　自然而又恬淡

心正的柳体字写《玄秘塔》
《玄秘塔碑》气势威严
心正的柳体字写《神策军》
《神策军碑》笔画挺锐如刀剑
心正的柳体字写《金刚经》
　外在骨力骤然不见
　　只有日常生活的行止吃饭
　　　只有似曾有也未曾有的蒲团
　　　　只有说即未说的跏趺坐
　　　　　只有一切如露亦如电
　　　　　　只有一个经外听法的
　　　　　　　唐人柳公权

# 二王八司马

用凌厉的手段将民愤最大的贪官拿下
在最黑暗的时刻给老百姓一点亮色的光华
让惩腐的快感抚慰民心
让暴戾受到鞭挞
（呵　昏聩的皇帝后边
　有精明强干　意欲有所作为
　　草诏的二王八司马）

不再接受送进皇宫的月进钱
停止一些对地方民间的搜刮
送一个美好温暖的笑给人们
　真诚地让出是为了获得民心
　　获取支持　减少摩擦
（呵　昏聩的皇帝后边
　是用心良苦　意欲有所作为
　　草诏的二王八司马）

纠正错案和冤假
将贤臣的正直和贤明昭告天下
　让他们走回朝堂
　　抚平他们心灵的疮疤
权力之争摧毁了太多善良的心
让他们恢复勇敢正义的面容吧
冤屈太重　那些边疆的草丛会说话时间也会说话
(呵　昏聩的皇帝后边
　是勇于做事　意欲有所作为
　　草诏的二王八司马)

放一些宫女出宫　让她们回家
青春的颜色在幽暗的宫中已褪去了红霞
回去吧　让她们的脚步带着自己
　去做一个妻子做一群民间孩子的妈妈
也放教坊里的女子出宫
让她们的技艺不再成为自己的牢狱和拖拉
蠲免百姓们所有积欠的钱粮
让走投无路的人真正看到春天里会开出鲜花
　真正看到一条生活的路简单直接地延伸在脚下
(呵　昏聩的皇帝旁边
　是用心良苦　意欲有所作为
　　草诏的二王八司马)

呵　二王八司马
来自民间又关注民间的目光久远而又阔大
他们的不自量力美丽如奇葩
他们的不计后果并没有使自己感到害怕
他们不自信地有所作为
他们是以失败体现了胜利的真正赢家

他们失败了
他们被流放到天涯

## 在唐蕃会盟碑拓片前

即使是拓片　也能还原那个欢乐的春天
或者是安宁的秋天
或者是不再有边警响起的冬天

曾经敌视的手　握在了和解的手里边
给春天送来了绿色的草原
给夏天酿就了牛羊的安闲
为秋天的秋高马肥做出了足够的保证
为藏地的酥油茶和大唐的万家灯火带来了
美丽的平安

从来就是一个血缘呵
从雅鲁藏布江
从唐古拉山
民族的血脉流淌繁衍
庞大的中华血海中你中有我我中有你的呼唤

谁　能分得开彼此两边

你住在辽阔的草原间
我住在肥美的古土中原
其实　都托举着同一片蓝天
同一蓝天下的区分只是游牧的帐篷似雪开出了大地上
　最美的雪莲坚实的黄土屋后南瓜正绿
　　长出了最美丽的饱满

来会盟吧　我的兄弟我的另一半
　分别得太久　不能
　　让仇恨再欺骗我们的双眼
我们坐下来喝一杯亲人的酒
青稞酒正香
中原的瓜果　是这么甘甜

在一块碑的拓片前
　想会盟的日子
　　我们都放下了刀剑
和平的时刻最最温暖
一块碑　在情不自禁的时候
　给我们拓下了一张拓片

## 走来了朱温

他是一种本能
本能地进入一种势力
本能地营造自己的成功
本能地不依赖于文化
本能地寻找权力的中心

本能地让儿媳妇侍寝时
　他的本能是动物的本能

在血光弥天的时代中
他是刀的相互依赖与共存
从民间长出的草同时也长满了他的内心
生存的目的是生存
活着　是为了制造更多的
　血液喷涌

从免于死亡的本能出发他生存于兽性的本能
不需要伦理的限制只需要最不人性的放纵
无视道德的栅栏只有目光中的无忌和凶猛

他是成功地攫取了土地和民众成功地生存在
　一个农夫暴发的梦中
成功的收获已使他发疯
　他不相信人性因而不具人性
他只相信刀光的威慑相信金银的聚拢相信女人的柔腻
　是温存相信除自己之外都是敌对的眼睛

走来的朱温曾经是反抗者
　反抗过腐朽的朝廷
走来的朱温也是归顺者
　归顺了权势所制造的黑暗陷阱

## 《酉阳杂俎》让我们做梦

《酉阳杂俎》
　长着唐人的面孔
它的神怪和文字的玫丽
　常常使我们做梦
　　且把自己在梦中惊醒

自然现象被笔记被魔幻后
　放大了我们的瞳仁
山川是山神　说话
　发出嗡嗡的男声
河流的女神穿着裙子
　可爱的恶作剧
　　总是那么美丽那么动人
松树魔变后
　可以腾悠悠的祥云
鱼儿们被神话追急了

会变成美丽的鲤鱼精

在人间　演绎一场幽怨的爱情

民间的典故呵

可以直达天庭

哪里有压迫哪里就有不平

惩恶扬善总会得到欢呼的声音

（欢呼声来自乡间白发

来自草根的老泪纵横）

虚构的人物

会复活在故事中

恋爱　吃饭　唱出歌声

一个女孩子的鼻息肉也会是天上的琴弦

神奇得令人头晕

土地资源

社会民情

都会在瞬间人性化

并且和我们眉目传情

呵　最圆润的佛家故事

通俗得让我们分不清是说着别人还是说我们自身

一个病入膏肓的农夫在死去的那一天告诉人们

他的死　是脱离痛苦后的超生

一条虫子开口说话

说它的前身　来自奢靡的皇宫

《酉阳杂俎》　有时

自己也变成来自西域的胡僧

给我们送一点药或胡椒粉

讲中外交流的往事

讲不知哪一世听到的

物产交流的驼铃声

《酉阳杂俎》在眼花缭乱的故事中

变成了一个叫段成式的唐人

做官　且关心民情

他被书中的混乱搞得很清醒

真真假假的述说不是故弄幽玄

而是不留下口实不留下被文字狱可抓的把柄

# 钱塘白塔

所有的岁月都撤走后
　在这里　留下白塔
　　留下历史的哨兵
　　　留下纷繁生活存在过的凭据和印痕

这白塔呵
　面对呼啸而至的钱塘潮声
　　面对着随潮汐而至的鱼群
　　　眼望着一代又一代白帆在天涯消失殆尽
它自己站着　自己
　是自己从不绝望的守塔人

最繁华的岁月消失
　是为了酿就未来的清醒
热闹的香火
　也是为了营造沉默的氛围和宁静

生命中并不需要太多的附加
　值得坚守的　无非
　　是并不需要虚妄赞叹的根本
　　　是不动摇的身姿是意味深长的眼神是拥有明天
　　　　自己不必太累地解释给别人理解的风景

钱塘白塔在静观
并不在意看过来的陌生眼神
它看过去的苏小小墓依旧风情万种
它听到灵隐寺的钟声响在昨天明天的日子中
一条苏堤和白堤的走来
　让它听到了两个名闻天下的诗人
　　做官实干的铿锵脚步声

钱塘白塔冷静地面对着秋风
它不习惯于自己过于动情
动情处　它会被那些佛经坐化
　化成莲花　开在西湖中

## 呵 《引路菩萨图》

多么艰难而又神圣的引导呵
  引导人们走回心里
    走回真正的自己

走过泥泞和曲折
  却没有雨季
走过草丛和荆棘
  却没有道路和土地
走过所有的灾难和磨折时
  灾难　却并无形体

坚强的引导
  悲壮而不屈
满脸庄严的笑
  是一种开示
忧郁的慈悲

是无言的偈语
在无路的地方走路
在不可能处
走出真实的现实

觉而有情
是有悲悯的不肯放弃
心性与众生相互统一
引导着别人走路
正是在走一个更纯净的自己

引路的菩萨呵
走在现实却并未拘泥现实
现实的灾难
没有留在眼睛里
现实的冲击
并没有造成对心灵的冲击
画里画外的菩萨形象
都是真实的不虚
不虚的是一把刀欢唱
唱在苦难的磨刀石
同体大悲中滴下的泪
永远不分彼此

引路的菩萨引来的那条路

　是我们自己

# 黄巢与《菊花》诗

不管是起事后的杀人还是被杀
　都没有让人忘记这富有特色的菊花

落第的时候怒气太重
　是一个考生美好期待的心理反差
糜烂的朝政让人忍无可忍
军阀的混蛋混蛋的军阀
宦官的残忍宦官的奸诈
自私和暴虐的顶点
　是对别人的屠杀
黑暗已成为白天正常的颜色
　谁还能看到秋天芬芳的菊花

那就开那朵黄巢的花
那花是一如既往的专制独裁
那花是我花开后百花杀

那花是盲目地为己得利益而开
那花是冲天阵气透长安时
　长安人和天下人
　　都被杀得找不到自己破败的家

已经顾不得看秋天诗意的菊花
满城尽带黄金甲呵
带甲的已不是一个书生的牢骚和谩骂
　不是那种预言的浮夸
带甲的黄巾军不再是农民起义
　是刀　是杀红了眼的凶神恶煞
逢军官　杀
逢贫民　杀
逢那些独立盛开的菊花　杀

先是菊花杀了秋天
　然后是战火杀了菊花
最后　是冲天阵气杀死黄巢
　唐诗里　绽放出了一个奇葩

## 历仕五朝的冯道



岂是一句简单的忠臣奸臣
　就能评定老臣救民的一生

少年的苦读　擦亮了眼睛
看到人生如戏
(纷争的皇帝如走马灯)
看到戏如人生后
　戏中　有那些悲惨的百姓

所以　要活下来
　不去做孤注一掷的英雄
　　不被非理性的毁誉所左右
　　　守候在狼群中
　　　　遏制残民的眼神

要忠于哪一朝的皇帝呢

哪一朝的皇帝才算得上是精英
这些恶棍和人渣们视天下百姓如草芥
　挥刀杀过去　杀出多少无辜的哭声
忠于他们是毫无价值的愚忠
他们是劫掠者是流氓是可怜虫
外表的强大根本掩盖不住他们的愚蠢
忠诚的血流过后　他们依旧杀人如麻凶残万分

而百姓呢
百姓是大地上最强健的风景
他们的生长　让土地充满了灵性
他们流泪的时候　冯道最伤心

冯道的为臣之道是
　不必用自己的悲心
　　去殉情某一位昏君
冯道活着　只是
　在乱世中救活更多的百姓

历仕五朝的冯道呵
　其实　只站在一个朝廷
这个朝廷的台词是——
　民为重　君为轻

冯道是在演戏的时候
机智地推动和修改剧情
不使那些刀一次又一次疯狂
并残害无数生命

历史的帷幕落下后
我们看到
冯道最成功

冯道　是不被英雄的头衔蛊惑的
真心英雄

# 陈　抟

一入深山数十年
一睡一百天

数十年不是时间
　是仙风道骨的陈抟
入睡的不是陈抟
　是广大深邃的《易》
　　无为而简单的浑圆

和松风融为一体
　不想唐时落第的难堪
(应试的时代在人间
那时　一切都已糜烂)
想泉水从性灵中流过
　还是不是出山时的清泉
心和宇宙融为一体时

静夜的月光
　即是月光的清圆

任胯下的驴走那山道
(不管走近还是走远)
酒中的葫芦和葫芦中的酒彼此相挽
春天的花和花的春天可以相互变换
连太阳也是可以吞入的
　入腹后　是一粒暖暖的仙丹

在群山中睡足后
醒来　发现自己是成群结队的山
　融化在所有的绿色中
　　飞升　羽化了
　　　是湖水样的纯蓝

就是不直说
不泄露天机不和权势相连
扔掉利禄的笼头依旧是一睡一百天依旧是再入深山
　数十年
褪掉这肉体的壳就叫死去呵
　现实外　还活着一个呼呼大睡的神仙

## 一字救人的张居翰

那时候
　他是一个宦官
那时候
　人命很不值钱
那时候是你死我活的人性溃烂
那时候　已经没有多少人去关注
　路边白骨是否源于灾难

那时候
　是张居翰是宦官张居翰在杀人的诏书上改定一字
　　上千条生命便存活在人间

那时候
　会有一项欺君的罪名
　　杀掉张居翰
那时候

会有自私的疑虑
让他犹豫不前

那时候　他会想到
自己被砍下的头慢慢风干
那时候　他可以置之不理地
按圣旨　公事公办
但那时候他却用坚定的手
去阻止了虐杀的刀剑
那时候他并不想走进历史
只是接受心灵的呼唤
那时候改定一字后
他等着死　死在自己的斗胆

我们　却记住了这样的宦官
一千多条生命记住了这样的宦官
纷乱的时代已经是非难辨
生命的存在却是唯一的正确呵
在那时　这种正确让人灵魂震颤

历史上这样一个人
这样一个宦官
他用一次不忠君的行为
忠实地守候了人性的善良与尊严

## 花蕊夫人们

花蕊夫人并没有嫁给谁
她们只是花花嫩嫩的蕊
花的蕊在短暂的春风中
　有着甜蜜的沉醉

然后　是春天消失
　是落红无数的花之泪

花蕊夫人在秋天
　盖着蝉声悠长的锦被
温馨不再　香暖已息
她们只是辞章脂粉般的韵味
肌肤的微汗是夏天的故事
那时　蜀锦在夏夜炫美
那时　奢侈浮华的生活
　让她们忘了自己是短暂的花蕊

花蕊夫人的体质纤弱
是三月绿草的芳菲
是病态是鹧鸪伤悲
她们走过的时间中
只有浅浅的笑
和唯美主义的富贵
她们是被扶持的花
但最终却抛弃了过分的人为
她们的自然存在
是一缕笑是粉红色的酒杯

花蕊夫人们的最后盛开
是风景没有彻底崩溃
那里有迷雾一样的纱
有轻漾如舞步的歌吹
她们是红杏喧闹的时候
最适宜的美妙纯粹

她们消失后
所有的人才开始惊呼花蕊花蕊

花蕊夫人是耀眼的丝履鞋吧
凌风行走后
走出一路的妖魅

## 《妙法莲花经卷》

徐徐展开后
那是佛　带着古印度人的神情
　相貌庄严地说大乘
　　说没有分别的唯有一乘

从芳草芊芊的鹿野苑开始
　说四谛说五蕴说丝丝缕缕的因果
　　说《阿含》满篇的悲悯说不坐高广大床
　　　说地狱的恐怖万分说到三千大千世界时
　　　　我们　看到了一滴水中数不清的毛虫

现在　是说一乘
　说四十二年的不曾说法
　　说拈花一笑的心性
　　　说小龙女美丽地走来后
　　　　瞬间成就佛身

说广大的菩萨遍地涌起
遍满虚空

三车的比喻
充满了真情显现最慈悲的心
唤醒人们走出火宅
不在苦难中浮沉
把外求的目光收回来吧
寻找内秘珍宝的心性
宇宙万物森然罗列
万法　唯生于心

无为法的最终说出
佛在破有破空
连空和有都不存在时
释迦佛说法
说法在《妙法莲花经》

徐徐展开这《妙法莲花经》
展开处处有相却不着相的经文
《大悲咒》的声音朗朗诵起
诵经的　是衣裙雪白的大悲观世音

## 钱塘射潮

就要这样的排场就射一种自豪
明知箭入巨浪为没羽
偏射你的铺天盖地
　射你震耳欲聋的呼啸

倾覆了多少善良的帆呵
　你这无情的钱塘潮
人入鱼腹是不归的魂
千万年的岁月中
　潮来呼啸
　潮去　也呼啸
雪浪飞卷你是目中无人的
无人的钱塘潮
　会给安详的梦带来多少惊扰

就是这样的气势

就是这样的虚无缥缈
就是这样的拉弓射箭
射你这不可一世的钱塘潮
射你是射你的气势凶猛
射你是射你的阴风怒号
开弓从来没有回头箭
一往无前的箭
　从来就藐视那些看客的嘲笑

这样射钱塘
这样射钱塘潮
密密簇簇的箭射过去
　管你吼声如雷管你雪浪滔滔

钱塘射箭是射出精神的不倒
不倒的精神也会不老
秋风中　白发射钱塘
　那也是十足的风流年少

## 历史的黑镜头——奉旨卖官

这是最后的资源

　当政治成为赌博日渐糜烂

　　当帝王成为了昏庸腐朽的混蛋

治国的主张

正确的理念

　都不能变换成现钱

　　不能维持夜以继日的荒淫

　　　不能满足疯狂的双眼

最快的　还是

　就市论价地卖官

所有的头衔都可以出售

卖官　官可以变成钱的时候

　钱就是主宰一切的官

不管花钱买来的官

　站在朝堂如何有损尊严
不管他们如何以权谋私变着法捞钱
卖官的现实是
　一群废物和恶棍走来
　　手中　捧着沉甸甸的金钱

卖官　可以下旨卖官
卖官是最直接也是最后的聚敛
管他卖官能亡国
管他天下人心散
卖官的实惠是现世现得
　后来的事　看不见
　　也就心不烦

卖官　奉旨卖官
哪怕天塌地陷
莫问谁的王朝谁的江山
可以卖官就可以肥捞
公开的标价还可以加上私人的盘算
卖官是正常朝廷行为
那些歌舞美酒那些天天的盛宴
哪一项　又能离开钱
不当家不知道日子的难啊
乒乒乓地用印后
　卖官　最划算

## 历史的黑镜头——买官受骗

买来的官
是一顶空帽子
是不抓印把子的虚衔
或者　是虎狼横行的边关
是野草在风中呼喊
是三天三夜走不完的
缺粮少水的荒滩

并未买来官轿的威严
没有鸣锣开道的气焰
一面无精打采的旗帜
在山道上踯躅不前
买官买来了变相的流放
是让一个富足的员外
去蹈凶赴险

买官买了一张门票
持票　可以向官场看
官场　原比江湖更风险
尔虞我诈是谈笑
亲亲热热是口蜜腹剑
互相踩踏是推杯换盏
卖友求荣后
　可以做更大的官

买官受骗
　却是无法启口的难言
买卖行为已是商业
随行论价哪里会少了挑挑拣拣
肥瘦参差有许多道道眼眼
你要买官已经卖给你官
市场上　一分钱
　只能买到价值一分钱的蒜

买官受骗
骗那桶呆傻的土豪金
骗那些财迷后又想官迷的
　痴心糊涂蛋

## 历史黑镜头——吃人魔王

一个叫赵思绾的人
　正在乱世的酒宴上吃人
吞下一颗人胆后
　他豪情万分

他的将士们吃着爆炒的人肝
　发出滋滋的响声

男女老幼分出粗糙细嫩
赵思绾吃人的最得意菜　是
　满堂喝彩的油炸人心
呵　吃人的魔王
　在兴高采烈地吃人

柔弱是强盗的盘中菜吗
吃与被吃是否是上天注定

历史的缝隙中听不到弱者
　被吃前的抵抗声
反抗者壮大后呵　会否
　一样坐在筵席上　大口吃人

赵思绾在吃人
一头狼巧妙地魔幻了自己
　化为人身　化为带兵的将军

沸腾的铁锅
　煎熬着一座城
赵思绾吃得很放心
牵来的人都是两脚羊
唯一的分别是男人肉老糙女人肉肥嫩
赵思绾吃得心满意足
他听不到任何反抗的声音

赵思绾在吃人
没有任何愧疚地吃人
他觉得人本来是被吃的
他认为其他吃人的人
　才配得上是自己的知音

## 旅行者壁画

把那壁画走出黄沙的声音走出一些孤苦伶仃的泉水声
就会有　骆驼
　背负着驼铃
　　骆铃
　　　拥抱着黄昏
　　　　黄昏　描出淡淡的戈壁剪影

把那壁画走出一朵花的面容
　走出那朵花依偎的春
　　就会有蜜蜂
　　　睁着采蜜的眼睛
　　　　眼睛
　　　　　铺开原野
　　　　　　原野　漾开一片风情

这是旅行者壁画

是许多脚步的奔腾
这些壁画走着
生活　变成了他们的仆人
春天的时候
为他们推开一条又一条河流的门
张开花草世界的风景
夏天的时候　尽一切能力
弄来蟋蟀的鸣叫和杂样虫声
秋天　洒无数淡淡的红
冬天来时　扬起白雪
酿置一场关于炉火的梦

旅行者壁画
走成了旅行者本人
他们的鞋子在黑夜
总是睡得很沉很沉
甚至　只做着关于鞋子的梦

待到天亮时刻
旅行者又走在一个新的人生
旅行者是自己的奴隶
是那些好动的脚
主宰着他们的命运

## 戏子在李存勖身边

视人生如戏的时候
　就喜欢这些戏子

没有什么是真实的
真实的东西会让人没有任何的回旋余地
　会让人很尴尬地面对实际

真实的马鞍和路的奔跑
　屁股会疼皮肉会哭泣
真实地去赢得一场战争
　要去面对迎面而来的飞矢
在一次真实的谏言前保持真实会触动各种利益群体
　会有许多拥戴的元素失去

只有戏子的存在从来就不是真实
真实的舞台是虚构

真实的唱戏是假嗓子
真实的情感是虚假的泪滴
真实地上台下台后
　有即是无地飘过一些虚无的影子

虚无地演自己的人生大戏
舒适地享受绵软的曲子
在一派颂歌中忘掉世界忘掉现实
(虽然那杯酒也是假的
　但却真实而甘醇地饮进了贪婪的胃里)

宠信戏子们
戏子比常人更温存更柔腻
他们的媚笑会软化一切包括痛苦的泪滴
他们的谦卑反衬君主的高大时
　流畅自然得不会有什么做作的痕迹

和戏子们在一起
　舒适　惬意

李存勖和伶人在一起
伶人　用她们的表演功夫
　烘托英雄的意志

## 《旧唐书》

不要慢条斯理的精细
就要这庞杂繁密
把最多的史料堆积起来吧
历史　本身就是一些宝藏
　再加上一些垃圾

聚拢资料是《旧唐书》的本职
过于精细了只是文章
　是可爱的书生美意
这是沿着历史的一路捡拾
　捡起时光中的那些往事
　　顾不了这许多的顺序
况且　一种结局开始走来
结局　最容易摧毁初始

打磨　是后来的事

编排　是后来的事
连善良的指责评点
　也是后来的事呵
后来的伤筋动骨
　是整容的韵事
（后来精细后来美丽后来语言铿锵后来结构合理
　但　那却是可读性很强的偏移和距离）

《旧唐书》有些老态的步履
《旧唐书》有些累赘的喘息
《旧唐书》欠缺打磨　身材尚欠黄金比例
《旧唐书》的叙事有些拉杂
《旧唐书》不懂得拿捏自己

但　我们却固执地偏爱
　《旧唐书》笨拙的真实

## 断臂的太后

用杀戮
　来巩固统治
杀先帝老臣
　让他们殉葬
　　随先帝而去

只因老臣
　建立过功绩
只因他们的威望
　会形成势力
只因在专制的皇权结构中
刀锋　占有绝对的真理
杀掉的脑袋不会再说话
不会说话的人
　从来就没有话语

新寡的太后要杀
用杀来实现嗜杀的自己

当大片的风景都消失
太后觉得强大就是一种孤立
　孤立地站着不需要其他
　　只需要抓住刀口上那些权力

一茬一茬杀过去
杀那些不顺眼
杀那些狐疑
甚至连顺从和媚眼儿
　都可以做刀锋的祭祀
杀人是一种驾驭方法更是领导能力
恐惧的威力是不断将自己的寒冷浸到每个人的骨头里
然后　制造愚忠
然后　制造愚痴
然后　让每个人都怀疑自己
　向操刀人诚惶诚恐地表达敬意

但是　一把反抗的刀带着话语砍向她
太后　从此断臂

## 儿皇帝石敬瑭

对一切都进行背叛
背叛父亲的血液母亲的胎盘
甚至　连自己也一同背叛
做别人的儿子
(哪怕那新认的父亲汗毛未干)

虽然是五代之乱
虽然是秩序崩盘
虽然是活着不需要尊严
虽然是有刀枪就可做王
虽然是万般无奈的背水一战

但是　儿皇帝孝敬的礼物
　却让历史久久汗颜
从此　数百年大地血泪不干
进犯的马蹄一泻千里

辽阔的大平原上
　已经没有了阻碍的关山

石敬瑭却在岁月中
　睁着流氓无知的双眼
全心全意的投靠
酬劳十分肥厚甘甜
黄粱美梦拥抱着他
伟大的土地上　小丑
　畅笑着自己投机的嘴脸

儿皇帝　以一种形象
　生存在无耻里边
儿皇帝声势浩大
儿皇帝宠荣空前
儿皇帝以胜利者角色自居
儿皇帝认为　为了获得
　没有什么不可以交换

历史的耻辱柱
　儿皇帝不管
人间的荣辱碑
　儿皇帝不管

儿皇帝始终嘲笑着伦理道德
认为　那是傻子们
搗鼓出来的痴呆浪漫

# 历史黑镜头——酒鬼皇帝

端起烂醉如泥的酒杯
　把自己喝个大醉不醒
酒鬼皇帝已下令
杀那些喝不醉的大臣
醉是唯一的消灾免难
今日的醉死
　是为了明日的偷生

端起那酒杯吧
千万不要喝醉了不清醒
酒鬼皇帝又说要杀喝醉的人
醉死了也要睁着不醉的眼睛

这是每天一次的夜饮
疯狂的酒鬼皇帝　天天
　都要在酒场上杀人

酒鬼皇帝已被酒夺走了人性
混乱的酒液在血液中沸腾
酒鬼皇帝要杀出悲惨的叫声
酒鬼皇帝不知道杀过谁也不知道自己什么时候是清醒
酒是酒鬼皇帝的主人
　每天都迫使他下令诛杀自己的大臣

所谓乱世　是因为握着刀枪的是疯狂的人
一个酒鬼皇帝喝疯了自己的眼睛
酒鬼皇帝杀人已没有准型

最后那一次杀
　酒鬼皇帝很清醒
他看到　刀
　砍断了自己的脖颈

# 历史黑镜头——那皇帝喜欢酷刑

喜欢听哭声
而且是悲惨的哭声
那皇帝　喜欢酷刑

看到血流出人体
　他很兴奋
看到刑具的咆哮
　他很振奋
看到人的痛苦惨状
　他很亢奋

那是皇帝
喜欢看刽子手行凶
喜欢看眼珠被剜出眼睛
喜欢看铁铲割断脚筋
喜欢看人在沸油中被炸

最终变形
喜欢看人在死去前
那种无助的眼神

没有什么可以代替
他喜欢酷刑
看宰猪宰羊他会昏沉
看杀鸡杀鹅他更打不起精神
看一场真实的战争场面
他觉得死亡不具体太笼统

他只喜欢用酷刑折磨人
喜欢听绝望的哭声

这皇帝的面前
刑具都有着嚣张的面孔
铁的冰冷
他觉得很热烈很温情
看到一条舌头被割下来后
他会快感得发出呻吟

他是皇帝
他有着皇帝的庄严面容

## 波斯胡

每到黄昏　软软的风中
　波斯胡总找不到古波斯
江南的风湿　潜伏在那些树影里
波斯胡的面前是一杯茶
茶　使他模糊了对故乡的凝视

故乡仿佛是一些黄沙
　是稀稀拉拉水的痕迹
椰枣树上
　干燥的阳光锋利如刺
寒沙中的那轮月亮
　让人看过去很像是哭泣

波斯胡记得
　沙漠是一些脚步的疲惫
　　是驼铃絮絮叨叨的距离

漠风一遍一遍淹没了记忆
那些古城们远远退走后
　他只记得碧眼紫髯的自己

扬州的船漂在江水里
波斯胡浸润在晚风里
他的女儿正在压酒
人们叫他的女儿　是
　漂亮的胡姬

有雨的日子
　波斯胡最惬意
看不够的风过竹林
　让他理解了唐诗
吟起唐诗波斯胡喝了一碗酒
酒醉的波斯胡说自己
　本来就出生在中原土地

每天　波斯胡都要让晚风
　穿过自己的身体
江南风中的湿气
　总让波斯胡很爽很欢喜

波斯胡一笑
　便暴露了他异域风情的鼻子

## 练夫人

保家卫国不是练夫人的事
练夫人是纤柔的红樱唇是日常生活的干练和丰腴
练夫人的笑中没有刻意的魅力
练夫人的语言中没有夸张的幽兰之气
练夫人　只是历史中偶露美目的一个神奇女子

练夫人不嗜杀
　留下了生命的痕迹
练夫人遵循着平平淡淡的因果律
练夫人认为谁活着都是一种美丽
练夫人觉得死是丑陋的
练夫人不喜欢丑陋的面具

南国的岁月中有一个屠城的日子
屠城的日子给练夫人留下了生路
脚下的生路　是因为练夫人曾经挽救了许多人的生机

练夫人却不愿意活不愿意看到一座城市的死去

　不愿意无辜的血浸满熟悉的大地

练夫人觉得在众人死去后自己活着很无意义

练夫人愿以自己的死去创造生命的奇迹

练夫人和十万生命都活过了那屠城的日子

她的从容不迫　使那些刀最终选择了放弃

　放弃屠杀

　　放弃暴戾

练夫人活着

　和十万侥幸的灵魂在一起

　　和我们的善良与勇敢在一起

## 奖励农桑的张全义

处乱世中
无法阻遏暴虐的刀枪
无法挽救疯狂的目光
无法让血减少流淌
无法用善谏
　营造出和平的时光

那么　就走向大片的农桑

农桑是荒芜的土地上
　绿色开始生长
农桑是新开一条渠
　并听到水流的歌唱
农桑是秋收万颗籽后
　蚕丝在阳光下
　　泛出雪白的光

军阀们咀嚼人肉的声音
　还在耳畔回响
饥饿的流民死在道边
讨饭篮空空荡荡
空旷的大地上生长着空旷
　野草吞噬了一切后
　　野风　遍地轰响

奖励农桑
种出庄稼是更大的勇敢和坚强
保证温饱是无法企及的高尚
消灭生命仅需一种兽性的疯狂
而呵护生命
　则需要更多的悲悯和善良

奖励农桑
农耕的土地是百姓最后的希望
扶持农桑
蚕鸣桑叶时
　人们　才会感觉到天已发亮

## 这样一个田舍翁

不鼓励嗜血刀枪
不张扬所谓的军功
让和平的血流动在人体
　流淌在安宁的人心

三月的春风吹过后
千万双耳朵都听噬桑的蚕声
天下的眼睛　可以是看花丛看风景的眼睛
看雨后的彩虹升起
　那绝不是俗事和平庸
纷纷扰扰的杀戮曾灭绝了天下多少风景
一道彩虹挂在天上
　却是美在平民的心中

浩浩荡荡的战争
死去的是无助的贫民

威武潇洒的　是狂笑的将军
合纵连横玩弄的是百姓的命
英雄们　谁能少了美酒美人
　谁又能长期在风雪中站成忠诚的哨兵

就做这田舍翁
看看庄稼
看看庄稼旁边平安的人
看到丝绸的光泽可以笑
　笑出鱼塘里清清的水声
喝一壶春茶喝出生活的底蕴
不去赌那场得天下的输赢
（赢了　自己是帝王
输了　丢失的还是千万百姓的命）
让人活着本身就是乱世中的英雄
大英雄　是一种从未更改的宠辱不惊

呵　就做这田舍翁

## 江景房沉籍

在沉籍的那一刻
他把自己的未来
一同沉下水去

(为民请命呵
历史上多么华丽的用词
而真正请命的人
却有着巨大的丢失)

百姓太苦了
他们被搜刮得只剩下一丝喘息
乱世中的生存让他们一代代成为蚂蚁
屈辱地活着
活着　是为了延续卑微的日子

江景房沉籍

不为罪恶的敛括提供罪恶的依据

为了家乡的江水不被饿死
为了碧绿的群山不被勒索而死
为了土地上可怜的人们保留微弱的气息
他沉籍沉田畜赋税图册到江水之中去
让贪婪的眼睛变得一团漆黑

沉籍的江景房没有在现世写伤感的唐诗
也没有在新的时代中写歌舞笙箫的宋词
背对着朝廷走回民间
为了百姓　他走回了一个人的良知

## 南唐后主

南唐后主是别致成熟的词
　是伤悲的韵也是香艳的脂粉

南唐后主在深宫
　每天都能融进花一样开在晨妆中的面容
南唐后主晚宿时
　是枫叶敲响的晚钟是女人们手中色情的红灯笼
　　是丝履般轻盈飘过的肉欲是云鬓香雾钗斜枕横
　　　是病态的偷情偷来了娇喘的月色和呻吟的风

《念奴娇》是南唐后主
《西江月》是他的身影
南唐后主有时是一方精心制作的澄心纸
有时　是红烛摇曳的风流沉吟

南唐后主丢了江山

被捉进宋宫
望江南望出许多恨
那恨在梦里　是兽
啃噬着华丽锦绣的诗心
南唐后主是相见欢
相见　却见的是往日凄清
（看到梅子如雪砌下
拂掉一身又落满一身）

晚期的南唐后主已全部词化
是浪淘沙
是虞美人
是淡淡的清平乐
是菩萨蛮后的林花谢了春红

南唐后主达到的高潮
是昨夜小楼又东风
是故国不堪回首月明中
南唐后主说过问君能有几多愁
恰似一江春水向东流后
悲情地　变成了一座艺术的高峰